# L'ABC

# DU STYLE ÉPISTOLAIRE.

# L'ABC

## DU

# STYLE ÉPISTOLAIRE

### COURRIER DE LA JEUNESSE

DÉDIÉ

AUX MÈRES DE FAMILLE ET AUX CHEFS D'INSTITUTION

## PAR MALVINA SORLIN

Institutrice.

Prix : 2 francs.

EN VENTE

## AU BUREAU DU COURRIER FRANÇAIS

5, rue Voltaire, Paris,

ET CHEZ TOUS LES LIBRAIRES.

1858.

MONTMARTRE. — IMPRIMERIE PILLOY.

# PRÉFACE

Le *Style épistolaire* est assurément la partie la plus négligée de l'enseignement : on s'en occupe fort peu dans quantité de maisons d'éducation, dans certaines même, on le néglige tout à fait. Cependant la plus part des jeunes filles n'ont guère l'occasion de faire preuve de l'instruction qu'elles ont reçue que quand il s'agit d'écrire une lettre. On leur a enseigné l'*histoire*, la *géographie* qu'elles oublient vite ; on ne s'est pas mis en peine de leur apprendre à communiquer leurs pensées, leurs sentiments. La jeune fille intelligente aura bientôt remédié par elle-même à cet inconvénient, mais ce ne sera pas toujours sans être tombée dans des ridicules qu'elle aurait évités si on les lui avait signalés en quelques leçons. Il arrive que beaucoup, se défiant d'elles-mêmes, s'abstiennent d'écrire et négligent ainsi des rapports de parenté, d'amitié, de convenances, etc., ou si elles remplissent les devoirs que ces rapports leur imposent, c'est avec un ennui incroyable ; elles cherchent laborieusement et péniblement ce qu'elles devront dire, il semble que leur lettre doive revêtir une forme pompeuse ou poétique ; on ne leur a jamais fait sentir que le style le plus simple, le plus naturel, est celui qu'on lira avec le plus de plaisir, sans persifflage ni critique.

Les jeunes garçons qui suivent des cours élémentaires et qui doivent aussitôt après leur première communion s'occuper de leur profession, éprouvent le même embarras. A la longue, la lecture les forme sans doute ; mais n'est-ce pas dans leurs classes qu'ils devraient prendre les leçons dont le plus souvent ils doivent être redevables à l'expérience ou à un esprit d'observation qui leur fait quelquefois défaut.

Si *le Style épistolaire* est négligé dans les maisons d'éducation, il faut convenir qu'il y a peu d'ouvrages qui en facilitent l'enseignement. Les grammaires abondent, de même que les histoires, les géographies, etc... Où sont les lettres destinées à l'enfance ?

Quelques ouvrages, sous une forme épistolaire, traitent d'arts, de sciences, de voyages ; nullement de ce qui fait partie du commerce habituel et familier de la vie ; quelques autres citent des modèles de nos bons auteurs où les pensées si bien exprimées sont pour les jeunes élèves ce que serait une belle peinture à reproduire pour un coup d'essai, ou un morceau de musique d'une exécution difficile. Il faut aller progressivement ; ce n'est que peu à peu et à la longue que l'enfant sent la beauté de ces modèles ; il faut que tout soit proportionné à son âge, à son intelligence ; des idées élevées, profondes, savamment, élégamment exprimées sont rarement à sa portée ; il ne saisit pas le fonds de la pensée ; il cherche à retenir les mots qui l'éblouissent pour les reproduire : sa mémoire travaille et non pas son esprit.

L'enseignement du *Style épistolaire* dans une école est du reste difficile, et s'il est fait sans intelligence, il occasionne une grande perte de temps.

Supposez une classe de 25 élèves : le professeur donne un sujet de style ; les enfants, au lieu de le résumer d'abord pour le bien saisir et le développer ensuite, essaient de s'exprimer dans un langage impossible ; ils cherchent des expressions relevées ; moins les mots leur sont familiers, plus ils sont tentés de s'en servir ; ils se mettent l'esprit à la torture pour ne pas écrire comme ils parlent ; ils ont à peine fait quelques lignes qu'il est l'heure de relever le travail. Que de temps le professeur doit passer pour corriger des devoirs mauvais s'il faut s'occuper tour à tour de chaque élève, lui faire des explications particulières ; chacun des enfants a également droit à l'attention et doit exciter l'intérêt en raison inverse de l'intelligence dont il est doué : c'est à peine si plusieurs heures suffiraient à cet exercice, et, cependant, une heure au plus y est consacrée.

Que doit-ce être dans un enseignement mutuel où une centaine d'enfants au moins doivent, en si peu de temps, participer à la même leçon ! Dans les explications qu'il est nécessaire de donner, le moniteur n'est pas possible, il faut l'expérience et la sagacité du maître.

Afin d'aplanir toutes ces difficultés, voici la marche que nous proposons :

1º Le professeur donne un sujet à traiter ; il indique aux élèves les points qu'ils doivent, s'appliquer plus particulièrement à développer, ceux sur lesquels ils doivent passer plus légèrement, les expressions triviales à éviter ; il fait comprendre le caractère particulier du sujet : *narration, description, lettres d'excuses,* de *remercîments,* de *condoléance,* de *félicitations,* de *conseils,* d'*invitation,* etc.

2° Il laisse aux élèves le temps nécessaire pour ce travail et il le relève ensuite; après un court examen, il prend note des élèves qui se sont distingués par plus d'application que les autres, et afin de les encourager et de les proposer pour modèles, il lit à haute voix leur devoir, en faisant les remarques nécessaires, de façon à ce que toute la classe en profite, sans toutefois corriger chaque devoir en particulier.

3ª Les observations générales faites, le professeur dicte le sujet donné et traité d'avance par lui, suivant l'intelligence et la capacité de ses élèves.

C'est pour éviter au professeur la peine de préparer lui-même ce travail correct dont les élèves doivent former un recueil soigné, que nous avons réuni, dans cet ouvrage, quantité de sujets propres à être donnés dans toutes les classes élémentaires.

Nous serons heureux si nous avons réussi dans le double but que nous nous sommes proposé : adoucir la tâche du maître et faciliter l'enseignement du *Style épistolaire.*

# STYLE ÉPISTOLAIRE

—

Le *Style* est la manière d'exposer, d'exprimer, d'animer, de nuancer les faits, les pensées, les images qui composent le discours.

Le *Style épistolaire* regarde la manière d'écrire les lettres. Les règles de ce genre de composition doivent être comptées parmi les éléments de l'éducation même la plus ordinaire. Ne pas les connaître, c'est s'exposer à être ridicule ou dupe de son ignorance.

Une lettre est une conversation par écrit; de cette définition, il résulte que les règles du *Style épistolaire* sont en petit nombre; elles peuvent même se réduire à une seule: Ecrivez comme vous parleriez, avec clarté, aisance, naturel, abandon, en évitant l'incorrection, la prétention, l'exagération.

On ne peut trop recommander la simplicité dans les correspondances dont le public ne doit pas être le confident. Qu'on n'y sente pas le travail, la préparation; qu'on puisse croire, en lisant une lettre, qu'on entend celui qui l'a écrite; que la plume rende naïvement les pensées, les sentiments, les impressions, les opinions.

Le *Commerce épistolaire* est une conversation entre absents ; il est destiné à transmettre à celui qui reçoit une lettre la pensée de celui qui l'écrit ; il supprime les distances et fait qu'on n'est jamais seul, même loin de ses parents, de ses amis, de ses connaissances.

La *Précision* est le caractère particulier d'une lettre de convenance ; on n'y peut trop vite faire connaître ce que l'on veut dire ou ce que l'on pense. On emploie ces lettres pour demander un service, pour remercier d'une faveur, éclaircir un fait, faire connaître une opinion, ou pour cultiver la connaissance d'une personne dans une haute position. Ces correspondances ne doivent pas s'écarter du naturel ; elles sont susceptibles de plus de recherche qu'une lettre d'ami, et comportent beaucoup plus de mesure, de retenue, de politesse et de respect. Les bienséances exigent que l'on sente bien qui l'on est et à qui l'on parle. Un inférieur ne peut se permettre de familiarité ; un égal blesserait en prenant un ton de hauteur ; un supérieur doit éviter de faire trop sentir sa position. Il faut savoir respecter l'âge, le rang, le sexe, éviter tout ce qui peut déplaire ou être mal interprété ; écrire, en un mot, avec la réserve ou le laisser aller qu'on mettrait dans une conversation.

Lorsqu'on a à féliciter, à applaudir, on peut employer moins de calcul, car les éloges, dans des bornes raisonnables, sont toujours agréables.

Si la *Précision* est le caractère d'une lettre de convenance, on ne peut imposer cette règle à une correspondance familière. L'amitié est expansive, les plus petites choses, les moindres détails sont pour elle pleins de charmes ; les pensées, les sentiments, les craintes, les désirs, les projets, elle veut tout savoir, elle n'est satisfaite que quand l'âme ne lui cache rien.

> On n'est jamais las d'écrire,
> Lorsque le cœur est de moitié;

a dit *Gresset*; de cette vérité, on peut hardiment conclure que lorsque le cœur parle, les quatre pages de la lettre peuvent être remplies sans aucun inconvénient. « Il faut, dit Mᵐᵉ *de Sévigné*, en- « tre bons amis laisser un peu trotter la plume, la « mienne a toujours la bride sur le cou. »

On demandait à *Saint-Augustin* la meilleure ma- nière de prier Dieu. « Aimez, répondit-il et dites ce « qu'il vous plaira, »

On peut dire la même chose à deux amis; com- ment s'ennuyer de lire ce que l'amitié a fait écrire, lors même qu'il s'y rencontre des redites? « Vous « me dites plaisamment, écrit madame *de Sévigné* « à sa fille, que vous croiriez m'ôter quelque chose « en polissant vos lettres ; gardez-vous-bien d'y « toucher, vous en feriez des pièces d'éloquence. « Cette pure nature dont vous parlez est précisé- « ment ce qui est beau et ce qui plaît uniquement. »

On peut dire que l'irrégularité plaît dans une lettre; un peu de négligence n'y est pas sans char- me. Il est donc permis de s'occuper moins de l'en- semble que des détails qui donnent souvent beau- coup de grâce au style. Faire des peintures fortes et vigoureuses, se servir d'images pompeuses, em- ployer des termes recherchés qui ne sont pas en usage dans la conversation, c'est méconnaître le caractère du *Style épistolaire*.

Mᵐᵉ *de Maintenon* répondait à un jeune homme pour qui elle s'était employée : « Je crois « votre lettre très-exacte et dans toutes les règles « de l'art, mais elle ne me paraît pas conforme à

« celles du bon goût; je l'aurais voulue plus sim-
« ple. » « Votre cœur est pressé de reconnaissance
« et d'amitié pour moi ; je vous permets de le dire,
« car je suis fort touchée de ces sentiments, et ce
« sont des vertus, mais il fallait le dire sans cher-
« cher des termes et des expressions plus propres à
« une déclamation qu'à une lettre. »

Il est d'usage d'écrire les lettres ordinaires sur
une feuille double in-4º ; les pétitions, les demandes, les réclamations se font sur un petit format in-
folio.

Pour les billets, les invitations, on peut se servir
d'un in-8º.

Les mots *Monsieur*, *Madame*, se mettent en vé-
dette au-dessus du corps de la lettre. Ces mots sont
plus ou moins distants du commencement de la lettre, suivant le respect que l'on porte à la personne
à qui l'on écrit.

Si l'on s'adresse à quelqu'un qui ait un titre ho-
norifique, il faut en mettre la dénomination au commencement, à la fin de la lettre et sur l'adresse. Les
expressions, *Mon cher Monsieur*, *Mon Cher*, s'em-
ploient avec un égal, un ami, un inférieur.

La date se place indifféremment à la fin ou au
commencement d'une lettre. Il est plus généralement reçu de la placer en terminant, afin qu'on la
lise avec la signature d'un seul coup-d'œil.

Il est convenable de toujours laisser une marge à
gauche du papier et de conserver en blanc l'espace
de plusieurs lignes, à la fin de la page.

Lorsqu'on n'a pu amener la signature par une
heureuse transition, on la place après l'expression
d'un sentiment de respect, de reconnaissance, d'a-
mitié.

Les formules employées pour terminer une let-

tre varient suivant les rapports dans lesquels on se
trouve avec les personnes à qui l'on écrit :

Je suis avec un profond respect,.
Monsieur,
Votre très-humble et très-obéissant serviteur.

Agréez, je vous prie, les sentiments de haute
considération, avec lesquels j'ai l'honneur d'être,
Monsieur,
votre très-humble et très-obéissant serviteur.

Veuillez agréer, Monsieur, l'hommage de mon
respect.

Recevez l'assurance du respectueux attachement
avec lequel je suis, Monsieur, votre très-humble
serviteur.

Agréez l'hommage de ma haute considération, *ou*
de ma considération la plus distinguée.

Croyez au respectueux attachement de votre
très-humble serviteur.

Comptez sur la reconnaissance et l'attachement
de votre, etc.

Recevez les salutations empressées, etc.

Je vous prie d'agréer mes salutations respec-
tueuses.

Tout à vous. — Je vous embrasse comme je vous
aime. — Vous savez combien je vous aime. — Vous
connaissez mes sentiments, etc.

Quand on ne met pas la lettre sous enveloppe, il
faut la plier simplement.

Pour l'adresse, on écrit sur une première ligne le mot Monsieur, sur une seconde ligne, ce mot se répète avec le nom de la personne et son titre si elle en a un, sur la troisième ligne, la rue, le numéro, et sur une 4e, le nom de la ville et celui du département.

Lorsqu'il s'agit d'un personnage bien connu, écrivain, administrateur, évêque, l'adresse demande moins de détails; on peut sans crainte ne pas désigner la rue, le département. Du fond de l'Asie, on écrivit à *M. de Fontenelle en Europe,* et la lettre lui parvint.

Le *post-scriptum* n'est tolérable qu'avec des amis, des égaux, des inférieurs, encore doit-il être très-court ; il n'est jamais permis envers un supérieur. On doit éviter de charger d'une commission pour un tiers la personne à qui l'on s'adresse ; si on ne peut se dispenser de le faire, il faut que cette liberté soit rachetée par un mot d'excuse, une phrase respectueuse.

Oserai-je vous prier de présenter, etc.

Seriez-vous assez bon, Monsieur, pour me rappeler au souvenir de, etc.

Permettez-moi de me servir de votre intermédiaire, etc.

Le *timbre-poste* a amené l'usage d'affranchir les lettres. L'affranchissement est surtout de rigueur avec un étranger, une administration qui ne jouit pas de la franchise du port ou si la lettre concerne particulièrement celui qui l'écrit.

# LETTRES DE FÊTES ET DE BONNE ANNÉE

—

Le fond de ces lettres ne varie pas, ce sont toujours des
protestations de tendresse, des vœux adressés au ciel, des
désirs de contribuer au bonheur de ceux à qui l'on écrit;
c'est un épanchement du cœur plus ou moins respectueux
ou familier, suivant qu'on s'adresse à un bienfaiteur, à un
ami, à un parent. Il faut, dans ces lettres, éviter l'exagération. Si l'on s'adresse à de proches parents qu'on aime
beaucoup, ou à des personnes de qui l'on ait reçu des
bienfaits, des services, alors on laisse parler le cœur; jamais on ne peint trop vivement l'amour et la reconnaissance. Si l'on écrit par pure convenance à des parents
éloignés ou à de simples connaissances, on peut simuler une
amitié que l'on n'éprouve pas toujours; mais il faut que ce
soit avec beaucoup de simplicité et de modération, sans
chercher à faire briller l'esprit.

Le plus souvent, dans la plupart des maisons d'éducation, on donne aux élèves des lettres toutes faites, prises
dans des livres achetés un peu au hasard. Qu'en résulte-
t-il? c'est que les enfants ne se forment pas, et sont, après

plusieurs années de pension, toujours dans le même embarras lorsqu'il s'agit d'érire une lettre de fête ou de bonne année. Il est nécessaire de les exercer de temps en temps, de les familiariser avec ces sortes de lettres qu'on ne néglige jamais sans manquer à l'amitié, à la reconnaissance ou aux bienséances.

⸺◦⸺

### A un Père, pour sa fête.

—

Cher Père,

Il est d'usage de souhaiter la fête à ses parents, et cet usage est trop louable pour que j'essaie de m'y soustraire. J'ai longtemps désiré ce jour où je pourrais vous exprimer toute ma tendresse, m'y voici arrivé. Je voudrais pour vous bien fêter, vous dire quelques-unes de ces charmantes choses qu'on a tant de plaisir à entendre ; je ne trouve que des paroles que je vous ai déjà bien souvent dites : « je vous aime ! » je vous le répète encore aujourd'hui ; mon cœur ne change pas ; il n'a jamais eu qu'une pensée, votre bonheur et le désir d'y contribuer par ma bonne conduite, mon bon caractère, mes soins et mes prévenances. Dieu me rendra digne de vous ; il vous récompensera dans votre fils de votre amour paternel, de tous les sacrifices que vous faites pour mon éducation, de votre zèle pour me former au bien. Que pendant longtemps encore, cher papa, je puisse vous embrasser à pareil jour ; que votre vie soit longue et heureuse, que tout réussisse au gré de vos désirs.

Votre respectueux fils.

Cher Papa,

Tous les jours, je vois s'augmenter la dette d'amour et de reconnaissance que je contracte avec toi ; comment jamais m'acquitter ! M'est-il seulement possible de te remercier dignement ? Le ciel, que je prie avec ferveur, fera ce que je ne puis faire ; il m'exaucera, et tu jouiras d'une santé parfaite d'un bonheur sans mélange. Tu me verras grandir en vertu ; je serai pour toi une source de joie et de consolation : ta vie sera un long jour de fête. Pour cadeau, mon bon et tendre père, je ne puis t'offrir qu'un cœur plein d'amour et former mon bouquet de mille baisers. Est-ce assez ?

---

Cher Papa.

Chaque année, à pareille époque, quand je dois vous rendre compte de mes progrès, je ne suis pas sans me dire que j'aurais pu mieux profiter de mon temps, travailler davantage et être plus attentif aux leçons de mes maîtres. Je me dis aussi que je n'ai pas assez cherché à former mon caractère, à me corriger de mes défauts, à acquérir les qualités que vous voudriez voir en moi. Ces reproches, je me les fais plus vivement encore aujourd'hui, car mon plus grand désir serait de vous prouver combien je sens votre amitié et combien j'y voudrais répondre. Je ne crains pas de vous assurer qu'à l'avenir, je redoublerai d'efforts pour me rendre digne de votre amour et vous témoigner la reconnaissance dont je suis pénétré pour vos continuelles bontés et votre inaltérable tendresse. C'est de tout cœur que le jour de votre fête je vous fais cette promesse, cher Papa; je vous aime trop pour n'y pas être fidèle.

---

Cher Papa,

Vous m'accuseriez d'ingratitude, si le jour de votre fête je ne vous remerciais des bontés que vous avez pour moi, des sacrifices que vous faites pour mon éducation, de tous les soins dont vous m'entourez chaque jour. Je sens tout le prix de votre amour, et j'y réponds par un amour égal, que je veux vous prouver par ma bonne conduite, mes efforts pour me corriger de mes défauts, et mon application à mes devoirs. Je saisirai toutes les occasions de vous être agréable, j'en prends aujourd'hui l'engagement ; j'espère n'y pas manquer, et vous montrer par là combien je vous aime.

### Mon cher Père,

Je voudrais, pour le jour de ta fête, t'offrir quelque chose qui te fût bien agréable ; ce n'est pas par des cadeaux que je te plairai, je le sais ; c'est par une bonne conduite, c'est par un bon carctère, c'est par ma soumission et mon courage ; aujourd'hui plus que jamais, cher père, je souffre des reproches que tu as eu si souvent à me faire, je sens que tu m'embrasserais avec bien plus de plaisir si j'avais bien profité de tes sages avertissements ; reçois au moins la promesse que je te fais du fond du cœur de redoubler d'efforts pour répondre à ce que tu attends de moi. Que le jour de ta fête ne soit troublé par aucun reproche ; pardonne-moi, bon Père, ton fils t'aime trop pour ne pas se corriger.

### Cher Papa,

Tu m'as répété bien des fois que les paroles ne sont rien, et que la conduite est tout ; c'est pourquoi je ne me mettrai pas en peine de la manière dont je dois te dire que je t'aime, je chercherai à te le prouver par mon empressement à t'ob'ir, et mes efforts pour me corriger de mes défauts. Voilà, cher Papa, de quelle façon je te souhaite ta fête ; tu trouveras une garantie de mes promesses dans deux baisers bien tendres.

### A une Mère pour sa fête.

—

Ma chère Mère,

Chaque jour m'apporte un nouveau gage de ta tendresse, comment mon amour pour toi n'augmenterait-il pas à mesure que je sens mieux tout ce que je te dois et que je puis mieux apprécier les sacrifices que tu t'imposes pour mon éducation ? Je voudrais déjà être en âge de t'aider, de joindre mes efforts aux tiens, de prendre pour moi les soins les plus ennuyeux, afin que tu n'aies plus autant de peine. Ces réflexions, je ne les fais pas seulement le jour de ta fête; chaque jour elles se présentent à mon esprit et me font demander à Dieu de te rendre aussi heureuse que tu le mérites et d'éloigner de toi les ennuis qui t'assiègent depuis si longtemps.

Adieu, ma chère mère, si l'amour de ta fille est de quelque poids dans la félicité que tu dois goûter, crois qu'il est impossible de t'aimer plus que je ne le fais.

Ta fille soumise et respectueuse.

---

Chère Maman,

Ce qu'un enfant ne doit jamais oublier, c'est assurément la fête de sa mère; aussi j'y pense depuis longtemps; je me demande en quels termes je dois te la souhaiter pour te prouver combien je t'aime, et le croirais-tu ? je n'ai rien trouvé de mieux que ce que je te dis chaque année : « Maman, je t'aime et je désire que tu sois heureuse. » Puisqu'il n'est qu'une manière de dire ces choses-là, laisse-moi te les répéter et crois que si mes phrases ne varient pas, mon amour pour toi varie encore moins, ou plutôt il augmente à mesure que je puis mieux apprécier ta bonté et tes sacrifices. Je m'efforcerai de répondre à ce que tu attends de moi, c'est, je crois le meilleur moyen de te prouver combien je t'aime.

Ton respectueux fils.

---

Chère Maman,

Ce que toute l'année mon cœur pense tout bas, je puis aujourd'hui vous l'exprimer tout haut; aussi c'est avec une grande impatience que j'attendais ce jour. Il m'est si doux, chère Maman, de vous dire que je vous aime et que je vous remercie de vos continuelles bontés pour moi. Je n'ai pour toute fortune que mon cœur et je vous l'offre avec les vœux que j'adresse au ciel pour votre bonheur, chère Maman, vous qui ne cessez de vous montrer pour moi pleine de bonté, de tendresse, de sollicitude. En remerciant Dieu, je lui demande de vous conserver longtemps à mon amour, qu'il abrège ma vie pour rendre la vôtre plus longue, qu'il ne m'épargne pas pour que vous soyez toujours heureuse.

Votre soumise fille.

---

Chère Maman,

Un jour de fête est un jour de cadeaux et de souhaits : pour les cadeaux je m'en trouve dispensée et la raison en est facile a deviner; les souhaits sont seuls à ma disposition ; j'en fais de grands, de beaux, de sincères, je les énumérerais si je pouvais le faire avec esprit; mon talent est petit, il n'en est pas de même de mon amour ; je sens combien je vous aime au désir que j'ai de vous voir heureuse, je voudrais vous découvrir mon cœur en entier pour vous bien convaincre de mes sentiments et de ma reconnainaissance ; que mes caresses parlent pour moi, j'enlace votre cou de mes bras et je couvre votre front de baisers.

Je ne sais pas embellir mon langage; mon hommage, j'ose le croire, ne vous en sera pas moins agréable et vous m'aimerez comme je vous aime.

---

Ma chère Mère,

Le jour de ta fête est pour ta fille un jour de joie et d'espérance ; l'année s'est écoulée sans qu'aucun malheur soit venu te frapper; le calme et la paix ont été avec nous; l'année qui s'ouvre nous laissera-t-elle dans le bonheur dont nous jouissons? Dieu seul sait ce qui nous est réservé, ma chère Mère ; mais pour le jour de ta fête, je vais le prier avec tant de ferveur, qu'il épargnera une mère aussi bonne dont la vie m'est mille fois plus précieuse que la mienne. Que l'an prochain, que bien longtemps encore je puisse à pareil jour venir t'embrasser et te dire que mon bonheur consiste à contribuer au tien par mes soins, mes prévenances et ma bonne conduite.

Ta soumise et respectueuse fille.

---

Chère Maman,

je suis bien jeune encore, mais il ne faut pas être bien grand et il n'est pas nécessaire d'avoir beaucoup de talent pour dire à sa mère qu'on l'aime et qu'on lui souhaite une bonne fête, c'est-à-dire beaucoup de bonheur. Voilà chère Maman, le compliment de ton fils, il n'est pas bien fait, mais comme il vient du cœur, tu en seras contente et tu me permettras de t'embrasser.

Ton fils respectueux et soumis.

### A une Grand'Mère pour sa Fête.

—

#### Chère Bonne-Maman,

Voici pour moi un anniversaire fort heureux, puisqu'il me fournit l'occasion de venir vous embrasser et vous renouveler l'assurance de mon amour et de ma reconnaissance. Je voudrais que chaque jour pût augmenter votre bonheur. Vous êtes bien bonne pour moi, aussi je prie Dieu de tout mon cœur qu'il vous récompense comme vous le méritez, et qu'il vous conserve encore longtemps la santé. Si par mes prières, je puis obtenir les grâces de Dieu pour vous, croyez que je le prierai de tout mon cœur et avec tant de ferveur qu'il m'exaucera.

Je vous embrasse comme je vous aime, chère bonne-maman, et c'est de toutes mes forces.

Votre respectueux petit-fils.

---

#### Chère Bonne-Maman,

Chaque jour je sens mieux le prix de votre bonté et de votre indulgence; chaque jour doit donc aussi augmenter ma reconnaissance et mon amour. Si vous pouviez lire au fond de mon cœur, chère bonne-maman, vous verriez combien je vous aime et vous comprendriez tout ce que je veux vous dire et que j'exprime si mal.

Je puis au moins vous embrasser avec toute la tendresse que j'ai pour vous, c'est là toute mon éloquence.

---

#### Chère Bonne-Maman,

N'ayant pas le bonheur d'être auprès de vous, je serais bien privée si je ne savais pas encore écrire car je ne pourrais pas vous souhaiter votre fête et vous croiriez que je ne pense pas à vous. Je ne vous oublie pas, chère bonne-maman ; chaque jour je regrette de ne pas être avec vous ; j'ai toujours peur que vous soyez malade ou que vous ne soyez pas soignée comme il convient. Rien ne m'est plus cher que votre bonheur; je tâcherai d'y contribuer autant qu'il est en moi, en vous procurant beaucoup de satisfaction par ma bonne conduite.

---

Chère Bonne-Maman,

Si j'avais quelque talent, je l'emploierais à vous souhaiter votre fête, afin de vous mieux exprimer mon amour et ma reconnaissance ; si ma bouche est impuissante, il n'en est pas de même de mon cœur qui sent parfaitement combien vous êtes bonne et indulgente et qui vous aime sans réserve.

Agréez, chère bonne-maman, les vœux que je fais pour votre bonheur; ils sont sincères, et je prie Dieu chaque jour de vouloir bien les exaucer.

Votre soumise petite-fille.

---

Chère Bonne-Maman,

Il n'est pas nécessaire que nous soyons au jour de votre fête pour que je vous dise que je vous aime et que je fais des vœux pour votre bonheur. Vous connaissez mon amour pour vous, chère bonne maman, mon désir le plus grand serait de contribuer à vous rendre heureuse par mes prévenances, mes attentions et par ma bonne conduite. Je puis fort peu de chose par moi-même; mais chaque jour je prie Dieu de veiller sur vous, de vous accorder la santé, d'éloigner de vous les peines et les ennuis, et de vous conserver longtemps à notre amour. Voilà, ma chère bonne maman, les vœux que forme pour vous votre petit-fils qui vous aime de tout son cœur.

## A un Grand-Père pour sa Fête.

—

Cher Bon-Papa,

Je suis heureux de venir vous souhaiter votre fête ; je serais bien plus heureux encore si mes vœux ardents pouvaient contriber à votre félicité. Je ne puis rien ; je n'ai à vous offrir qu'un cœur dont l'amour est toute la richesse et qui fait son bonheur du vôtre ; acceptez-le, cher bon-papa, et recevez en même temps les affectueux embrassements de votre petit-fils.

———

Cher Bon-Papa,

Tu me répètes souvent que tu sais tout ce que je pense ; tu dois savoir alors que je t'aime beaucoup et je ne dois le répéter que tout autant que tu as du plaisir à me l'entendre dire. Oui, cher bon-papa, je t'aime de tout mon cœur et ma tendresse est égale à ma reconnaissance pour tes bontés.

Que Dieu te bénisse comme tu le mérites et comme je le lui demande, et tu seras parfaitement heureux.

Ton respectueux petit-fils.

———

Cher Bon-Papa,

Chaque année je viens vous souhaiter votre fête, et chaque année je le fais avec un nouveau plaisir ; c'est, cher bon-papa, qu'en grandissant je puis mieux apprécier votre bonté et les soins dont j'ai toujours été l'objet de votre part. Comment pourrais-je vous remercier dignement ? Je ne puis qu'adresser chaque jour mes prières au ciel pour qu'il vous donne le bonheur et qu'il vous conserve longtemps à l'amour de vos petits-enfants.

Votre respectueux petit-fils.

### A une Sœur pour sa Fête.

—

Ma chère Sœur,

Ta naissance te donne droit à mon respect et mes égards; puis-je mieux te prouver que je reconnais la priorité que te donne ton âge qu'en venant te souhaiter une bonne fête ? Plaisir, santé, richesse, tout ce qu'on peut envier, voilà ma chère, ce que je désire pour toi ; juge de l'étendue de mon amitié d'après l'étendue de mes désirs et tu en auras une juste idée. Pour que rien ne te manque, je t'embrasse mille fois comme je t'aime et c'est de tout mon cœur.

Ta dévouée sœur,

### A un Frère pour sa Fête.

—

Mon cher Frère,

Si j'étais auprès de toi, je te donnerais aujourd'hui un beau bouquet avec les choses que je saurais t'être le plus agréable et je t'embrasserais de tout mon cœur. Je suis loin de toi mais cela ne m'empêche pas de fêter ton saint patron et de te dire à cette occasion que ta sœur est ta meilleure amie, qu'elle est pour toi pleine de dévoûment et qu'elle saisira toutes les occasions de te prouver combien elle t'aime. J'ose croire que tu recevras avec joie les vœux que je fais pour ton bonheur.

Ton affectionnée sœur,

### A un Oncle pour sa Fête.

—

Cher Oncle,

Il me semble qu'en vous répétant souvent que je vous aime, je vous en persuade mieux ; c'est ce qui fait que je saisis chaque occasion que je trouve de vous dire : cher oncle, je vous aime de tout mon cœur et c'est de la même manière que je désire vous voir heureux. Votre fête me permet de vous embrasser une fois de plus, j'en profite pour vous embrasser pas seulement une fois, mais mille.

Votre soumise nièce.

Cher Oncle,

Je n'oublie pas le jour de votre fête ; comment l'oublierais-je, puisqu'il m'offre l'occasion de vous dire que je vous aime et que je vous remercie des bontés que vous avez continuellement pour moi. On fait des vœux pour ceux qui vous sont chers, voilà pourquoi cher oncle, je prie Dieu de répandre sur vous ses bienfaits ; les prières faites du fond du cœur, Dieu les exauce toujours; il entendra les miennes, et vous serez parfaitement heureux.

### A une Tante pour sa Fête.

—

Chère Tante,

On se plaît à dire une chose que l'on sent bien, voilà pourquoi il m'est agréable de vous dire que je vous aime

et que je sens bien vivement le prix de vos bontés pour
moi. Pour vous prouver ma reconnaissance, je ne puis que
faire des vœux pour votre bonheur ; j'en fais de bien sincères et de bien ardents. S'ils pouvaient s'accomplir, votre
vie serait un enchaînement d'enchantements ; chaque jour
vous offrirait une nouveau plaisir.

Je vous embrasse, chère Tante, aussi tendrement que je
vous aime.

Votre respectueux neveu.

------

### Chère Tante,

Chaque année, le jour de votre fête, je viens vous exprimer les vœux que je fais pour votre bonheur. C'est un devoir qu'il m'est doux de remplir, parce qu'il peut vous prouver que je ne vous oublie pas, qu'au contraire, votre souvenir est au fond de mon cœur.

Recevez ma chère Tante, mes embrassements affectueux
avec l'assurance de mon amitié.

------

### Chère Tante,

Si je ne vous souhaitais pas votre fête, je me priverais
d'un grand plaisir et je manquerais à un devoir. Recevez
donc ma chère Tante, les souhaits que je forme pour votre
bonheur, je les renouvelle chaque jour, parce que chaque
jour je pense à vous ; si je ne vous fais pas plus souvent
part de mes sentiments c'est par la crainte de me rendre
importun.

Je vous embrasse, ma chère Tante, avec le respect et
l'affection que vous m'avez toujours inspirés.

Votre soumis neveu.

### A un Bienfaiteur pour sa fête.

—

Monsieur,

Le jour de votre fête est la meilleure occasion que nous puissions saisir pour vous remercier de vos bontés dont nous sentons tout le prix : notre reconnaissance qu'il ne nous est possible de vous prouver qu'en vous criant merci ! augmente chaque jour. Nous ne pouvons que former des vœux pour votre bonheur; s'ils se réalisent, croyez-bien, Monsieur, que personne ne jouira de la vie plus agréablement que vous.

Veuillez recevoir, Monsieur, l'expression sincère de notre gratitude et de notre haute considération.

### A une bienfaitrice pour sa fête.

—

Madame,

Je craindrais d'être accusé d'ingratitude, si je ne venais, le jour de votre fête me joindre à tous ceux qui font des vœux pour votre bonheur.

Ce n'est pas, Madame, qu'il soit besoin de cet anniversaire pour que je souhaite avec ardeur que votre vie s'écoule sans amertume ; c'est mon vœu de chaque jour parce que je n'ai que ce moyen de vous remercier et que je ne perds pas le souvenir de vos bontés.

Daignez agréer l'expression de la reconnaissance et du respectueux attachement, de

Madame,
Votre très-humble et très-obéissant serviteur.

# LETTRES DE BONNE ANNÉE

## A un Père.

Mon cher Père,

Puisque je dois être aujourd'hui privé du bonheur de t'embrasser, je veux au moins te dire que mon amour pour toi augmente à mesure que je puis mieux comprendre combien je te dois; aussi, mon bon père, ma première pensée a été pour toi; en m'éveillant j'ai prié Dieu pour que tu n'aies à supporter aucun malheur, pour que tu jouisses d'une bonne santé et pour que je puisse devenir ta joie et ta consolation. C'est bien cela, n'est-ce pas, bon père, qu'il fallait lui demander! S'il exauce les prières que je lui ai faites du fond de mon cœur, crois que rien ne manquera à ton bonheur, dont ton fils voudrait être le principal instrument.

Mon seul regret est de ne pouvoir t'embrasser en réalité comme je le fais par la pensée.

Ton respectueux fils.

Mon cher Père,

Il n'y a rien qui me soit aussi agréable que de te dire que je t'aime et de te le prouver. Quelquefois je te fais douter de moi, mais n'accuse que ma légèreté et mon étourderie : si, d'avance, j'avais la raison de calculer que telle action peut te déplaire, crois bien mon cher père, que j'agirais de façon à te prouver que je mets mon bonheur à te plaire.

Avec l'année qui se renouvelle, je veux me montrer

tout autre, et te prouver ainsi que je ne promets pas seulement de bouche.

Je t'embrasse mille fois de tout cœur, mon cher papa; tu jugeras bientôt de ma sincérité.

---

### Mon cher Père,

Depuis bien longtemps je pense au jour de l'an ; ce qui me le faisait désirer, ne va pas croire que ce sont les étrennes : c'est le plaisir que j'ai à te dire que je t'aime et que je veux devenir raisonnable pour que tu sois bien content de moi. J'espère, cher papa que cette manière de te souhaiter la bonne année te plaira et que tu m'aimeras toujours.

---

### Mon bon et tendre Père,

A mesure que je grandis, je puis mieux apprécier votre bonté touchante et les sacrifices que vous faites pour moi ; voilà pourquoi, cher papa, je puis vous dire que ma reconnaissance s'accroît chaque jour. Je prie Dieu de tout mon cœur pour qu'il veille sur vous, qu'il éloigne de vous les maladies, les chagrins, les ennuis ; je le prie avec tant de ferveur qu'il daignera m'exaucer, lui à qui l'on ne s'adresse jamais en vain. Je fais tous mes efforts pour vous satisfaire ; je vais encore redoubler d'ardeur pour que mes professeurs soient bien contents de moi, qu'ils puissent vous dire que je me corrige de mes défauts et que je mets à profit le temps que vous me laissez pour mon éducation.

Si vous êtes aussi heureux que je le désire, mon cher père, votre sort sera digne d'envie ; rien ne manquera à votre félicité à laquelle je brûle de contribuer pour une bonne part.

Votre fils soumis et respectueux.

---

Cher Papa,

Des caresses, des souhaits, voilà tout ce que j'ai à t'offrir, je te donne ce que j'ai ; toutes les richesses de la terre m'appartiendraient que je serais heureux d'en disposer pour toi. Quoique je ne possède rien, tu ne m'en aimeras pas moins, tu me tiendras compte de ma bonne volonté et tu me paieras de mon amour par ton amour.

Embrasse moi bien, cher papa, tes caresses sont ma plus douce récompense.

Ton respectueux fils.

Mon cher Papa,

Il ne faut pas être bien grand et bien instruit pour dire à son papa qu'on l'aime et qu'on veut être bien sage pour le contenter. Quand j'aurai du talent, sans doute que je te dirai mieux ces choses-là ; mais en m'exprimant mieux, je crois que mon cœur n'aura pas plus d'amour, car je sens bien tout ce que je te dois, et j'adresse tous les jours des vœux au ciel pour qu'il t'accorde le bonheur et la santé.

Reçois mes vœux et mes souhaits, cher papa, ils viennent d'un cœur qui t'aime sincèrement.

## A une Mère.

Ma chère Maman,

Il n'est pas de jour plus beau pour moi que celui où je puis te dire que je t'aime et que je désire te voir heureuse. Chaque année, le premier de l'an, je te fais part des vœux que j'adresse pour toi au ciel ; s'ils étaient exaucés, comme ta vie serait belle ! comme tout ici te sourirait et concourrait à l'accomplissement de tes désirs ! L'amour de ton fils est bien grand, je voudrais pouvoir te l'exprimer en te disant ces choses si gracieuses, si aimables, que les personnes d'esprit trouvent à volonté ; mais malheureusement je n'ai pas ce talent et je ne sais pas te faire comprendre combien je t'aime. Excuse mon impuissance, mes caresses sont toute mon éloquence; tu en seras contente, car personne ne t'embrassera avec plus d'amour que moi.

Ton respectueux fils.

### Chère Maman,

Il est des usages bien ennuyeux et qu'on voudrait pouvoir supprimer ; il en est de bien doux aussi : tel est celui du jour de l'an', qui veut qu'en embrassant une mère chérie, on lui dise qu'on l'aime et qu'on prie Dieu pour elle. Quel plaisir pour moi de te faire part aujourd'hui des vœux que toute l'année je fais pour ton bonheur. Mes vœux sont comme mon amour ; ils sont sans bornes ; je voudrais pour toi une vie de plaisir, de fêtes, de délices ; je voudrais surtout que ta joie la plus douce te vint de moi, aussi je cherche à devenir bon, prévenant, soumis, courageux. J'espère que le bon Dieu me viendra en aide : je mets toute mon âme dans mes prières ; ta vie m'est mille fois plus chère que la mienne; si tu avais du chagrin, je ne pourrais être heureux. Je t'embrasse comme je t'aime, ma chère maman, tu sais que c'est de tout mon cœur.

### Chère Maman,

Nous voici au jour de l'an, et c'est un devoir pour moi de te dire les sentiments d'amour et de reconnaissance dont je suis pénétré ; ce devoir est bien doux à remplir et je voudrais qu'il me fût imposé tous les jours, que tous les jours je puisse te dire : bonne mère, je t'aime ! mon vœu le plus ardent, mon désir le plus cher est de te voir heureuse ! je prie Dieu qu'il répande sur toi ses bénédictions les plus abondantes, qu'il éloigne de toi les soucis, les ennuis; que le plaisir soit toujours avec toi. Je ferai désormais tous mes efforts pour être un sujet de consolation pour toi ; je serai soumis, courageux, plein de zèle pour remplir mes devoirs et me corriger de mes défauts.

Reçois mes promesses, chère maman, reçois aussi mes vœux et aime-moi toujours bien ; être aimé de toi, c'est ma plus douce récompense.

Ton respectueux fils.

---

### Ma chère Maman,

Il est d'usage que chaque année, à la même époque, les enfants viennent souhaiter la bonne année à leurs parents ; si cet usage n'existait pas, chère maman, tu nous inspirerais de le faire naître, et pas seulement une fois par année ; il nous est toujours si doux de te dire que nous t'aimons, que nous te remercions de toutes les peines que tu prends pour nous et que rien ne nous est cher comme ton bonheur. Tu nous a donné l'exemple de toutes les vertus, les bons sentiments que tu cherches à nous inspirer ne nous feront pas défaut à ton égard ; nous nous montrerons toujours des enfants dociles et reconnaissants faisant consister leur bonheur à plaire à leur bonne mère.

Reçois, ma chère maman, mes vœux et mes souhaits de bonne année, si je ne te les ai pas exprimés avec esprit, crois que mon cœur te les dit avec amour.

---

### Ma chère Mère,

Il n'est pas de jour que je ne pense à toi et que je ne prie Dieu pour ton bonheur. A chaque renouvellement d'année je sens mieux encore combien je t'aime. Oublie, ma bonne mère, le mécontentement que je t'ai parfois causé, mes défauts, je l'espère, disparaîtront avec l'année, et ta fille, désormais sera telle que tu le désires ; c'est, je crois, le seul moyen que j'ai de te satisfaire et ce moyen je ne le négligerai pas.

2.

Accepte, ma bonne mère, mes vœux et mes souhaits de bonne année et reçois mes tendres embrassements.

Ta soumise fille.

---

### Ma chère Maman,

Il m'est facile de te dire que je t'aime, mais ce n'est pas par des baisers que je puis te le prouver; c'est en cherchant à te faire plaisir en toutes choses et je n'y réussirai que par ma bonne conduite et mon application. Aussi désormais je vais faire tous mes efforts pour que tu n'aies plus à te plaindre de moi. Je commence à partir de ce jour en même temps que je te prie de croire à mon amour et d'accepter mes vœux de bonne année.

---

### A un Père et à une Mère.

### Chers parents,

Pourquoi faut-il qu'en ce jour je sois privé du bonheur de vous voir? avec quel plaisir j'aurais été vous surprendre à votre réveil pour vous dire ce que vous savez déjà, mais qu'il m'est toujours doux de vous répéter, que je vous aime, que votre bonheur m'est cher et que mon but dans cette vie est de devenir votre consolation. Je prie bien Dieu, mes chers parents, afin que cette année qui commence, s'écoule tout entière sans qu'aucun chagrin ne vienne vous affliger. Si vous deviez avoir des peines, des maladies, je voudrais les supporter pour vous; je vous dois tant, que jamais, quoique je fasse, je ne pourrai m'acquitter envers vous.

Vous avez pensé à moi dès le matin, chers parents, comme j'ai pensé à vous; Dieu puisse-t-il exaucer les vœux que nous faisons les uns pour les autres et permettre que bientôt je sois auprès de vous.

Agréez, chers parents, mes embrassements et mes souhaits de bonne année.

---

### Chers Parents,

Il n'est pas de plus grand plaisir pour moi que de vous dire que je vous aime, et cet amour que j'ai pour vous, je voudrais vous le prouver par une conduite dont vous soyez toujours contents, mais ma légèreté l'emporte souvent sur mes bonnes résolutions. Oubliez le passé, chers parents, ne voyez que mon désir de vous être agréable. En priant Dieu pour qu'il vous accorde le bonheur et la santé, je lui demande aussi qu'il me rende digne de vous et qu'il me fasse l'instrument de vos joies les plus douces.

Agréez, chers parents, mes vœux de bonne année; ils partent d'un cœur qui vous aime bien tendrement.

Votre respectueux fils.

---

### Chers Parents,

En pensant à votre bonté pour moi, à vos soins touchants, aux sacrifices que vous vous imposez pour mon éducation, je sens combien il m'est difficile de m'acquitter envers vous. Ma dette de reconnaissance s'accroît chaque jour, parce que chaque jour je reçois de nouvelles marques de votre amour. Merci, mes chers parents, merci pour tout ce que vous faites pour moi. Je prie bien le ciel de vous récompenser comme vous le méritez; si mes prières sont exaucées, et j'ai la confiance qu'elles le seront, vous serez parfaitement heureux; Dieu répandra sur vous ses bienfaits; vous vivrez longtemps. et votre fils sera votre plus douce consolation.

Agréez, chers parents, mes souhaits de bonne année; je les forme du fond de mon cœur, parce que je vous aime beaucoup.

Chers Parents,

C'est toujours avec un grand plaisir que je vous témoigne mon amour et ma reconnaissance. Aujourd'hui, je puis plus particulièrement vous exprimer mes sentiments et vous dire que je vous aime, que vous êtes tout mon bonheur. Comment pourrait-il en être autrement? Vous êtes si bons, si dévoués ; vous veillez sur moi avec tant de tendresse, de sollicitude ; vous êtes si indulgents pour mes défauts, si prévoyants pour mes besoins ! Je vous remercie bien, mes chers parents, de tout ce que vous faites pour moi. Je prie Dieu de tout mon cœur pour qu'il vous fasse jouir d'un bonheur parfait et qu'il vous accorde une longue vie ; je le prie bien pour qu'il détourne de vous le chagrin, les maladies ; tout le mal qui pourrait vous arriver, je voudrais le supporter pour vous et vous voir couler des jours marqués par toutes les jouissances.

Mes vœux sont bien grands, parce que je vous aime beaucoup. Croyez, chers parents, que pour vous prouver ma sincérité, je m'efforcerai d'être de plus en plus raisonnable.

Votre respectueux fils.

---

Chers Parents,

En vous consacrant aujourd'hui ma première pensée, j'obéis plus à mon cœur qu'à l'usage. Il ne se passe pas de jour que je n'adresse au ciel les vœux les plus ardents pour votre bonheur et pour la conservation de vos jours qui me sont si précieux. Je voudrais vous remercier de vos soins autrement que par des paroles ; le seul moyen que j'aie de vous prouver ma reconnaissance, c'est de ne négliger aucune occasion de vous être agréable ; désormais je ferai tous mes efforts pour me montrer digne de vos bontés et vous donner beaucoup de satisfaction.

Daignez, chers parents, agréer mes sentiments de gratitude et d'amour.

Votre respectueux fils.

## A une Grand'Mère.

—

Chère Bonne-Maman,

Quel beau jour pour moi que celui qui me fait un devoir de venir vous dire les sentiments d'amour et de reconnaissance que j'éprouve pour vous! Comment ne pas vous aimer, chère bonne-maman, vous qui me donnez de si fréquents témoignages de bonté, vous qui avez toujours une excuse pour mes défauts, un encouragement pour mes moindres efforts, et, dans toutes les circonstances, de sages conseils pour me diriger. Je sens combien je vous dois, chère bonne-maman, et, dans mon impuissance de vous remercier dignement, je prie Dieu de vous combler de ses dons les plus précieux, de vous donner une vieillesse longue et heureuse et de m'orner des qualités nécessaires pour devenir votre joie et votre consolation. Dieu m'exaucera parce que je le prie du fond du cœur, et je pourrai être longtemps témoin du bonheur que je lui demande pour vous.

Votre respectueux petit-fils.

Chère Bonne-Maman,

Si j'avais de l'esprit, c'est aujourd'hui surtout que j'en ferais usage pour vous adresser un joli compliment de bonne année et vous faire entendre ces paroles douces, gracieuses et touchantes qui peignent si bien l'amour et la reconnaissance. Je vous aime, chère bonne-maman, et je vous le dis simplement, persuadé que ma sincérité vous plaira autant que de beaux discours. Que vous offrir en ce jour? Je n'ai rien; mais chaque jour je forme des vœux pour votre bonheur; chaque jour je demande à Dieu pour vous tout ce qui peut rendre la vie agréable. Si vous êtes aussi heureuse que vous le méritez et que je le désire, vous goûterez une félicité que rien ne troublera; je grandirai sous vos yeux et je serai le soutien de votre vieillesse, comme vous avez été celui de mes jeunes années.

Puissé-je longtemps encore, à pareil jour, venir vous embrasser et vous dire que je vous aime.

Votre affectionné et respectueux petit-fils.

---

Chère Bonne-Maman,

Il ne se passe pas de jour que je ne prie Dieu pour qu'il vous donne le bonheur et la santé ; aujourd'hui je puis vous exprimer les vœux que toute l'année je fais pour vous. Bon jour, bon an ; que pendant longtemps, à pareille époque, je puisse vous répéter la même chose et que Dieu me vienne en aide pour être votre consolation.

Recevez, chère grand'maman ; mes souhaits de bonne année ; vous ne douterez pas de leur sincérité, parce que vous connaissez mon cœur.

Votre respectueux et obéissant petit-fils.

---

### A un Grand'Père.

Cher Bon-Papa,

Comment vous remercier de vos continuelles bontés, des soins que vous me prodiguez, de l'amour que vous me témoignez ! Quel moyen trouver pour m'acquitter de la reconnaissance que je vous dois ! Je vais m'efforcer d'être bien raisonnable, de me corriger de mes défauts, d'être studieux, docile, afin que vous soyez content de moi. Le ciel, à qui je m'adresse, daignera vous récompenser ; il vous donnera une longue et heureuse vie, et votre petit-fils guidera vos derniers pas comme vous avez dirigé ses jeunes années.

Votre respectueux petit-fils.

Cher Bon-Papa,

J'attendais impatiemment le jour de l'an pour te renouveler l'assurance de mon amour et de ma reconnaissance. Je sens tout le prix de tes bontés et de ta tendresse ; aussi, chaque jour je bénis Dieu, je lui demande que tes années soient d'un nombre égal aux bienfaits dont tu combles mon enfance ; que tu jouisses d'une bonne santé et que ton bonheur ne soit jamais plus altéré que mon respect et mon amour pour toi. Jamais je ne me lasserai de te dire que je t'aime ; puissé-je te le répéter encore bien longtemps à pareille époque.

Ton respectueux petit-fils.

————

Cher Bon-Papa,

C'est avec un bien grand plaisir que je viens aujourd'hui vous répéter ce que je vous ai déjà dit bien souvent : bon-papa, je vous aime ! je désire votre bonheur et j'adresse à Dieu les plus ferventes prières pour qu'il éloigne de vous les chagrins qu'on a souvent à supporter dans cette vie. Je n'ai qu'un seul moyen de vous prouver ma reconnaissance pour vos bontés, c'est de me rendre digne de vous, en me corrigeant de mes défauts et en cherchant à acquérir les qualités qui me manquent. La bonne volonté ne me fera pas défaut, et Dieu m'aidera dans mes bonnes résolutions et me donnera la force d'y être toujours fidèle.

Mon amour pour vous, qui augmente à mesure que je puis mieux comprendre le bien que vous me voulez, n'est égal qu'à mon désir de vous voir heureux.

Votre petit-fils respectueux et soumis.

————

Cher Bon-Papa,

De toutes parts on échange de vœux et des souhaits ; chacun s'embrasse et se félicite ; je ne veux pas être le dernier à vous offrir l'hommage de mon amour et de ma reconnaissance. Dans tous les compliments qui vous seront adressés aujourd'hui, comptez le mien au nombre des plus sincères et croyez que nulle part vous ne trouverez un plus profond attachement qu'en moi. Comment ne pas vous aimer, cher-bon papa; vous avez pour moi tant de bonté ! Chaque jour j'adresse au ciel les prières les plus ferventes pour votre bonheur et la conservation de votre vie. Dieu m'exaucera, et je pourrai vous aimer longtemps encore.

---

### Cher Bon-Papa,

Il y a bien longtemps que je désire voir arriver le jour de l'an, jour où je puis vous embrasser, vous remercier de vos bontés et vous dire combien je vous aime. Je voudrais avoir plus souvent l'occasion de vous témoigner mon amour et ma reconnaissance ; ne le pouvant pas, je prie Dieu pour qu'il éloigne de vous la maladie et les chagrins ; je lui demande de me former au bien, afin que vous n'ayez jamais à rougir de moi. J'aime à voir sur vos traits l'expression du bonheur ; aussi, tout ce que je pourrai faire pour vous procurer un peu de satisfaction, croyez, cher bon-papa, que ma tendresse filiale m'empêchera de le négliger.

Si mes prières sont exaucées, rien ne manquera à votre bonheur, et votre petit-fils y contribuera pour une bonne part.

---

### A un Grand'Père et à une Grand'Mère.

---

### Chers Bons-Parents,

Jamais je ne me lasserai de vous répéter que je vous aime ; en vous le disant aujourd'hui, il me semble que vous m'écouterez davantage et que vous verrez dans mes paroles un gage de ma reconnaissance pour toutes les bontés dont vous ne cessez de me combler. Un pieux et louable usage veut que chaque année, à pareil jour, on ouvre son cœur à ses parents et qu'on leur fasse part des sentiments que l'on a pour eux; permettez-moi donc de vous dire encore que mon amour pour vous est aussi inaltérable que votre bonté pour moi. Permettez-moi aussi de vous embrasser et daignez agréer les vœux que j'adresse au ciel pour qu'il vous fasse couler des jours aussi longs qu'heureux.

Votre respectueux petits-fils.

---

**Chers bons-Parents,**

Que ne suis-je aujourd'hui auprès de vous pour vous embrasser comme je vous aime et vous faire part des vœux que je forme pour votre bonheur! Que Dieu prolonge vos jours, qu'il vous accorde une bonne santé et une félicité inaltérable; qu'il me rende un jour capable de vous remercier autrement que par des paroles! Conservez-moi votre amitié, chers bons parents, je tâcherai de m'en rendre de plus en plus digne par mon respect, ma reconnaissance et ma soumission.

Ces sentiments s'affermiront en moi à mesure que je pourrai mieux apprécier ce que je vous dois.

Votre affectionné petit-fils.

A une Tante.

**Ma chère Tante,**

Je saisis avec empressement l'occasion du renouvellement de l'année pour venir vous témoigner mon amour et ma reconnaissance. Je n'oublie pas votre bonté pour moi, et j'aime à vous en remercier. Que Dieu vous comble de ses dons les plus précieux, qu'il vous accorde le bonheur, la santé et qu'il vous accorde de longs jours au milieu de ceux qui vous aiment.

Je vous embrasse de tout mon cœur, ma chère tante, et je vous prie d'agréer mes vœux et mes souhaits de bonne année.

Votre respectueux neveu.

---

Ma chère Tante,

Je vous aime beaucoup, mais je ne sais comment m'y prendre pour vous le dire et bien vous faire comprendre les sentiments dont mon cœur est rempli. Si le langage des caresses était éloquent, nul ne s'exprimerait mieux que moi, parce que nul ne peut avoir plus de plaisir que moi à vous embrasser. Si Dieu exauce les prières que chaque matin je lui adresse pour vous, votre vie sera un long jour de fête, rien n'altèrera le bonheur dont vous jouirez, et vous vivrez longtemps au milieu de ceux dont vous vous êtes acquis le respect, l'amour et la reconnaissance.

Puisse le ciel exaucer les vœux de votre neveu reconnaissant.

## A un Oncle.

Mon cher Oncle,

Depuis que je sais écrire, je me fais un devoir de ne pas laisser passer le jour de l'an sans t'envoyer une lettre ; chaque année je te dis que je t'aime, cette année je te le dis encore. Le temps qui détruit tout n'altère pas ma tendresse pour toi, il l'augmente à mesure qu'il fortifie ma raison et que je puis mieux comprendre le bien que tu me veux.

Je tâcherai de mériter ton amitié par ma bonne conduite, afin que, lorsque j'aurai le plaisir de te voir, tu ne reconnaisses plus en moi l'enfant capricieux et volontaire qui se faisait si souvent gronder.

Mon cher oncle, je prie bien Dieu pour que cette année il te donne le bonheur et la prospérité ; lui qui aime la prière des enfants ne dédaignera pas la mienne, et tout réussira au gré de tes désirs : c'est le vœu que forme ton neveu reconnaissant.

---

Mon cher Oncle,

Bien des personnes viendront aujourd'hui te souhaiter le bonheur et la santé ; dans le nombre, il y en aura peut-être qui ne penseront pas ce qu'elles diront ; distingue ton neveu, mon cher oncle, il te parle du fond de son cœur, parce qu'il t'aime comme tu le mérites.

Ton affectionné neveu.

---

Cher Oncle,

Si je savais bien exprimer mes pensées, je vous dirais de fort jolies choses sur l'affection et la reconnaissance que j'ai pour vous ; je suis bien ignorant encore, voilà pourquoi en vous aimant beaucoup je ne sais rien vous dire. Si les caresses faisaient l'éloquence, personne ne me surpasserait, car c'est un vrai plaisir pour moi que de vous embrasser avec toute l'ardeur de ma tendresse.

Cher oncle, je prie bien le ciel de vous rendre heureux, de vous donner de longs jours et de me faire mériter votre amitié par ma bonne conduite.

Daignez, mon cher oncle, agréer mes vœux de bonne année et croire à leur sincérité comme je crois en votre grande bonté.

---

Cher Oncle,

Tu croirais à mon ingratitude si je ne venais aujourd'hui te souhaiter la bonne année ; c'est ce qui fait que je surmonte ma timidité et que je te dis : mon oncle, je t'aime beaucoup, ton bonheur m'est cher et je prie le ciel d'être pour toi prodigue de ses dons. S'il te récompense comme tu le mérites, tu n'auras rien à envier à personne, car personne n'a plus de bonté que toi. Que mes souhaits de bonne année te témoignent ma reconnaissance et te prouvent le désir que j'ai de te voir heureux.

Ton respectueux neveu.

### A un Oncle et à une Tante.

Cher Oncle et chère Tante,

Si je ne connaissais votre indulgence, je me trouverais embarrassé pour vous souhaiter la bonne année. Je vous aime, mais je ne sais comment m'y prendre pour vous le dire parce que ma bouche rend mal ce que sent bien mon cœur. Excusez mon peu de talent, mes chers parents, et daignez agréer avec l'hommage de mon amitié les vœux que j'adresse au ciel pour votre bonheur; je lui demande pour vous tout ce qui peut rendre la vie agréable ; si les grâces qu'il vous accorde sont proportionnées à votre mérite, vous n'aurez rien à désirer et il vous conservera longtemps à ceux qui ont pour vous de l'amour et de la vénération.

Votre respectueux neveu.

Cher Oncle et chère Tante,

Je n'ai d'autre moyen pour vous remercier de vos bontés que d'adresser au ciel des vœux pour votre bonheur. Si mes prières sont exaucées, le chagrin ne vous atteindra jamais ; les plaisirs succèderont pour vous aux plaisirs et vous vivrez longtemps entourés de ceux qui vous aiment.

Vous connaissez, mes chers parents, mon amitié pour vous ; elle durera autant que ma vie.

## A un Parrain.

Cher Parrain,

En consentant à devenir mon second père, vous aviez sans doute pensé que j'aurais un jour pour vous les sentiments d'un bon et tendre fils ; vous ne vous êtes pas trompé et je voudrais vous prouver ma tendresse autrement que par des paroles. Je ne puis vous offrir que mon cœur et les vœux que j'adresse au ciel pour votre bonheur ; acceptez l'un et l'autre, et croyez que je m'efforcerai de porter avec distinction le nom que je tiens de vous.

Daignez agréer. cher parrain, mes vœux et mes souhaits de bonne année, et l'assurance de mon amitié.

Votre recpestueux filleul.

Cher Parrain,

Tout change dans ce monde, tout passe, tout se détruit ; mais ma reconnaissance pour vos bontés durera autant que ma vie. Je voudrais pouvoir vous témoigner les sentiments dont je me sens animé; les mots me viennent mal pour rendre ce que sent mon cœur. Si je ne sais pas vous faire de compliment, je sais pourtant vous aimer et demander à Dieu pour vous le bonheur que méritent ceux qui comme vous se plaisent à faire le bien.

Veuillez, cher parrain, agréer les souhaits et les vœux de votre humble filleul.

Cher Parrain,

Vous m'avez donnné tant de marques d'amitié qu'il y aurait ingratitude de ma part a ne pas profiter de l'occasion qui m'est offerte par la nouvelle année, pour vous prier d'agréer l'expression de mes sentiments. L'intérêt et la bienveillance que vous m'avez toujours témoignés ont pénétré mon cœur de l'attachement et du respect le plus profond.

Veuillez donc, cher parrain, agréer mes vœux, qui sont aussi sincères que ma reconnaissance.

**A une Marraine.**

Chère Marraine,

Je ne pense pas que vous doutiez de mon respect et de ma tendresse ; cependant, j'aime à saisir avec empressement toutes les occasions possibles de vous en renouveler l'expression sincère, et c'est pour moi un plaisir bien plus qu'un devoir.

Fasse le ciel, chère marraine, que vous jouissiez du bonheur que vous méritez ; je lui demande avec ardeur de me rendre de plus en plus digne de votre amitié et de faire de votre vie un long jour de fête.

Votre respectueux filleul.

Chère Marraine,

Le jour de l'an offre à beaucoup l'occasion de faire des compliments auxquels le cœur n'a point de part. Vous ne me confondrez pas avec ceux-là et vous serez assez bonne pour me distinguer, car je vous suis sincèrement attaché et j'ai pour vos bontés une profonde reconnaissance.

Si mes prières sont exaucées, ma chère marraine, les chagrins, les ennuis fuiront loin de vous, votre vie sera longue et heureuse, et vous aimerez un peu votre filleul qui vous aime beaucoup.

Chère Marraine,

Je suis trop sensible aux marques de bienveillante bonté que vous me donnez sans cesse pour ne pas saisir avec empressement l'occasion qui m'est offerte aujourd'hui de vous en témoigner ma reconnaissance.

Il ne se passe pas de jour que je ne prie Dieu pour votre bonheur : plaisirs, honneurs, fortune, santé, mes vœux s'étendent à tout ce qui peut rendre la vie agréable. Je vous demande à vous, chère marraine, de vouloir bien me conserver une place dans votre amitié, je tâcherai de m'en rendre digne par ma bonne conduite.

Agréez, chère marraine, l'hommage de mon profond respect et de mon sincère attachement.

Votre affectionné filleul.

---

Chère Marraine,

C'est avec le plus grand plaisir que je viens vous offrir, au commencement de cette année, les vœux que je forme pour votre bonheur. Si Dieu exauce mes prières, chère marraine, vous jouirez d'une félicité parfaite, et vous vivrez longtemps au milieu de ceux qui vous aiment.

C'est avec des baisers, et non avec des paroles, que ma bouche pourra vous faire comprendre ce qu'éprouve mon cœur.

Votre affectionné filleul.

## A un Tuteur.

Mon cher Tuteur,

Vous êtes un bon père pour moi, je dois donc avoir pour vous les sentiments d'un tendre fils : ce que je demanderais à Dieu pour mon père, au commencement de l'année, je le demande pour vous : plaisir, bonheur, santé que vous n'ayez rien à désirer et que vous puissiez long-temps encore répandre vos bienfaits.

Si mon compliment n'est pas mieux fait, c'est que, mon cher tuteur, je ne dis pas les choses aussi bien que je les sens.

Votre respectueux pupille.

### A un Bienfaiteur.

Mon cher Bienfaiteur,

Je sens tout le prix des bontés que vous avez eues pour moi et pour ma famille ; aussi je ne veux pas laisser échap-per l'occasion qui se présente de vous exprimer ma grati-tude. La mémoire du cœur est vive en moi, chacun de vos bienfaits y est gravé en caractères inéfaçables, et, si je ne craignais de me rendre importun, ce ne serait pas une fois en passant que je vous crierais merci ! Ce serait chaque jour, car mon plus grand bonheur est de vous témoigner la reconnaissance qui m'anime. Dieu ne laissera pas sans récompense la bonté dont vous ne cessez de donner des preuves, il écoutera les prières que, de toutes parts, on lui adresse pour vous, et votre généreux caractère pourra se manifester encore longtemps.

Mes vœux pour vous, Monsieur, s'étendent à tout ce qui vous est cher, à tout ce qui vous intéresse, à tout ce qui peut vous rendre heureux ; daignez en agréer la sincère expression et voir en moi le plus humble et le plus recon-naissant de vos serviteurs.

Cher Bienfaiteur,

Ce n'est pas trop facile à mon âge que d'exprimer la re-connaissance que l'on éprouve ; il est des choses que l'on sent bien et que l'on dit mal ; quand je serai plus grand je serai moins embarrassé, mais je crois pourtant, Monsieur, qu'il ne me sera pas possible de vous aimer davantage et de désirer votre bonheur plus vivement que je ne le fais maintenant.

Veuillez, Monsieur, ne pas juger mon cœur d'après mon esprit et vouloir bien agréer mes vœux et mes souhaits de bonne année.

Votre reconnaissant serviteur.

---

Monsieur,

Je n'oublie ni les bontés dont vous m'avez comblé, ni le bienveillant intérêt que vous m'avez témoigné, ni votre généreux désintéressement à mon égard. Vous en remercier comme vous le méritez n'est pas en mon pouvoir; daignez pourtant, Monsieur, agréer l'expression de mes sentiments de profonde reconnaissance. Votre bonté est toujours dans ma mémoire comme le premier jour ; c'est toujours avec attendrissement que je me la rappelle ; vous seul pouvez mettre autant de délicatesse, de noblesse dans votre manière d'obliger ; aussi vos bienfaits sont d'un double prix à mes yeux.

Si le bonheur était le partage du plus digne, personne n'en jouirait plus que vous. Le ciel seul peut vous récompenser ; je lui adresse mes prières pour qu'il vous donne une vie paisible, exempte de soucis et de peines ; je lui demande de combler vos désirs et de vous conserver longtemps à ma reconnaissance.

Votre humble et obéissant serviteur.

### A un Instituteur.

Mon cher Maître ,

En pensant aux soins que vous m'avez donnés, à vos

bons et sages conseils, à vos excellentes leçons, je sens que j'ai contracté une dette de reconnaissance dont il me sera difficile de m'acquitter; cette dette, je comprendrai mieux combien elle est grande à mesure que mon jugement se formera, que ma raison se fortifiera et que je pourrai mieux apprécier les bienfaits de votre direction éclairée.

Recevez, Monsieur, tous mes remercîments pour votre zèle à me former l'esprit et le cœur et pour votre indulgente bonté qui vous a fait oublier les sujets de mécontentement que je vous ai donnés si souvent.

Veuillez, Monsieur, je vous prie, agréer l'expression de ma reconnaissance et de mon respectueux attachement.

Votre humble et obéissant élève.

---

### Mon cher Maître,

Vous cherchez à former mon esprit et mon cœur par vos bonnes leçons et vos sages conseils : je comprends tout le bien que vous me voulez, je vous en remercie, et je vous promets de vous écouter désormais avec docilité.

Oubliez mes torts, mon cher maître, ne pensez qu'à mes bonnes résolutions, et veuillez croire à ma reconnaissance.

Votre affectionné et humble élève.

---

### Ma chère Maîtresse,

Je n'ai pas oublié et je n'oublierai jamais les bontés que vous avez eues pour moi lorsque j'étais avec vous; vos soins si touchants, votre intérêt constant seront toujours présents à ma mémoire. Aussi, c'est un devoir bien doux pour moi que de venir vous dire au commencement de cette année, que je n'ai pas cessé de vous aimer, que j'apprécie de plus en plus votre zèle pour me former l'esprit et le cœur, et que ma reconnaissance sera éternelle.

Je prie Dieu chaque jour qu'il vous rende aussi heureuse

que vous le méritez ; puisse-t-il écouter mes vœux et vous conserver longtemps à tous ceux qui vous aiment.

Votre soumise élève.

---

Monsieur,

Il faut que votre bonté soit bien grande pour que vous me portiez encore un si touchant intérêt après les fréquents sujets de mécontentement que je vous ai donnés. Je comprends toute la portée de mes torts, et je veux les réparer en cherchant désormais à vous satisfaire par ma bonne conduite et mon zèle dans l'accomplissement de mes devoirs.

Croyez bien, Monsieur, que malgré ma légèreté, je sens tout le bien que vous me voulez, et que je vous en suis reconnaissant.

Veuillez, Monsieur, ne pas dédaigner les sentiments de celui qui veut être à l'avenir,

Votre plus obéissant élève.

### A un Bienfaiteur.

Cher Bienfaiteur,

S'il est un devoir qu'il m'est doux et agréable de remplir, c'est bien celui de venir, au commencement de l'année, vous renouveler l'assurance de ma reconnaissance et vous remercier de nouveau de toutes les bontés que vous avez eues pour moi et pour mes parents. Que Dieu vous conserve longtemps à votre famille et à vos nombreux obligés, qu'il épargne ceux qui vous sont chers, qu'il fasse réussir vos entreprises. Vous êtes la providence de tous ceux qui vous approchent, qui donc, plus que vous, mérite le bonheur !

Daignez agréer, cher bienfaiteur, les souhaits de bonne année et croire à toute la reconnaissance de votre très-humble et très-obéissant serviteur.

Monsieur,

Je sens le prix de vos bontés pour moi, et chaque jour augmente ma reconnaissance ; aussi, suis-je heureux de saisir le premier jour de l'an pour vous remercier de nouveau et vous exprimer les vœux que j'adresse pour vous au ciel. Je voudrais que l'occasion pût s'offrir de vous prouver que vous n'avez pas obligé un ingrat ; mais je ne puis rien que demander à Dieu le bonheur d'une personne dont la vie est consacrée toute entière à la bonté et à la bienfaisance. Si mes prières sont exaucées, aucun ennui ne viendra troubler votre vie, et vous jouirez d'un bonheur que vous savez si bien donner aux autres ; ce sont les vœux les plus ardents de votre protégé.

---

Monsieur,

C'est un devoir bien doux et bien agréable pour moi que de venir aujourd'hui vous remercier de vos bontés, vous témoigner ma reconnaissance et vous dire les vœux que j'adresse chaque jour au ciel pour votre bonheur. Si Dieu exauce les prières qui viennent du cœur, il entendra la mienne, et votre vie s'écoulera sans aucun chagrin.

Veuillez, monsieur, agréer les vœux et les souhaits de bonne année du plus humble de vos serviteurs.

---

Madame,

Saisir l'occasion du jour de l'an pour venir vous remercier de vos bontés, c'est remplir un devoir bien doux pour moi. Ma reconnaissance me porterait à vous adresser de continuels remercîments, mais je vous ennuierais et je me contente de prier Dieu pour qu'il vous donne le bonheur. Personne ne le mérite plus que vous qui êtes la Providence de tous ceux qui vous approchent.

Recevez, madame, mes vœux et mes souhaits de bonne

année ; vous ne pouvez pas en recevoir d'un cœur plus reconnaissant et plus pénétré de vos bontés.

## LETTRES DE CONSEILS.

On ne peut guère donner de conseils qu'à un égal ou à
un inférieur. La bonté, la raison doivent dicter ces lettres
qui bannissent la prétention et le ton de supériorité. En bles-
sant l'amour-propre, on manque son but. Lorsque les conseils sont accompagnés de reproches, on doit prendre
garde d'aigrir par trop de violence, chercher à atténuer
la faute au lieu de la couvrir d'un blâme trop sévère.
« Il faut, dit Pope, instruire, les hommes comme si on
ne le faisait pas, et leur présenter ce qu'ils ignorent
comme s'ils l'avaient oublié. »

Un parent, un supérieur peuvent seuls, sans crainte,
prodiguer les conseils, et se mettre au-dessus des précautions d'usage, surtout lorsqu'ils ont donné des preuves
suffisantes d'intérêt.

Mon cher Frère,

Mon âge, je le sais, ne me donne pas sur toi grande autorité ; tu es pourtant trop raisonnable pour ne pas sentir la portée de mes conseils et la nécessité de les suivre.

Tu fais le diable à quatre à ta pension, tu tourmentes tes professeurs, tes amis ; bientôt, si tu continues, tu seras généralement détesté. Il y a des folies dont on ne peut pas rire, les tiennes sont de ce nombre. Tu crois peut-être faire preuve d'esprit dans toutes tes escapades ? tu ne montres que de l'orgueil, car tu n'agis ainsi que pour te distinguer des autres ; ne pouvant briller du côté du bien tu tournes du côté du mal. Change, je t'en prie, avant de te faire renvoyer, car tu recevras cet affront si tu continues à abuser de l'indulgence de tes professeurs. Tu nous fais de la peine à tous ; ma mère est au désespoir de recevoir de continuels reproches sur ton compte. Par amour pour elle, corrige-toi, montre-toi moins violent et plus soumis ; change par amour pour nous, qui serions si heureux de pouvoir t'approuver ; profite des conseils qui te sont donnés, un jour tu regretteras de ne les avoir pas suivis. Je t'ai parlé sans ménagement, parce que je t'aime et que je voudrais te voir meilleur. Si tu as un peu d'amitié pour nous, tu te hâteras de mettre fin aux ennuis que tu nous donnes.

Ton dévoué frère.

---

Mon cher Frère,

C'est avec une bien grande peine que nous avons appris que l'élève le plus mal noté de la classe, celui dont on a généralement à se plaindre pour sa conduite, pour sa tenue, pour son caractère, celui-là est devenu ton ami. As-tu oublié le proverbe : « Dis-moi qui tu fréquentes, je te dirai qui tu es. ? Y a-t-il entre vous conformité de goûts, d'habitudes pour que vous vous soyez ainsi liés ? J'aime à croire que vous ne vous ressemblez en rien ; alors pourquoi cette intimité ? Il est à craindre que ton ami n'ait sur toi une mauvaise influence ; au lieu de le ramener au bien, il t'en traînera au mal. Si tu as de la sympathie pour lui, ce ne peut être une raison pour en faire ta société; ses discours répondent sans doute à ses actes; cette fréquentation ne pourra donc que 'tentraîner dans le mal. Réfléchis-y bien. Aimerais-tu qu'on ait de toi la même opinion que de celui à qui tu as donné ton amitié? non sans doute. Choisis donc un ami dont les paroles et les actions puissent te porter au bien, un ami dont l'exemple soit pour toi une règle de conduite et dont tu n'aies pas à rougir.

Tu comprendras, j'espère, le tendre intérêt qui me porte à te donner ces conseils; si tu dois changer, que ce soit au moins pour devenir meilleur et pour être la consolation de tes parents.

Ton dévoué frère.

---

Ma chère Sœur,

Ce n'est point avec nous que tu passes tes vacances cette année; notre bonne tante ira te prendre pour t'emmener chez elle, où tu trouveras tes cousins et tes cousines, que tu connais à peine, et que je puis t'annoncer être très-bien élevés. Quoique tu ne sois pas avec nous, tu occuperas constamment notre esprit et notre cœur.

Pèse bien chacune de tes paroles, qu'on ne puisse te reprocher aucune inconséquence. Si tu parais légère, on aura mauvaise opinion de toi. Livre-toi à des distractions en rapport avec ton âge; ne montre pas trop d'enfantillage par des jeux trop bruyants, comme aussi ne cherche pas à singer la grande personne par une trop grande réserve qui pourrait paraître de l'affectation et de la pédanterie; n'impose jamais ton avis; si on propose un jeu, une promenade. un divertissement, fais ce que veulent les autres; tache de montrer un caractère souple et aimable; si une discussion éclate devant toi, au lieu de l'exciter, cherche à la calmer, et, autant que possible. parle en faveur du plus faible. Ne néglige pas tes devoirs religieux; commence et finis la journée par la prière; si tu le peux, fais quelquefois dans la journée une lecture de piété : c'est dans les bons livres que tu trouveras la meilleure règle de conduite. Une dernière recommandation sur laquelle j'appuie, c'est le respect et l'affection que tu dois aux parents près de qui tu passeras tes vacances.

Reçois ma lettre avec la même amitié que je te l'écris; pense souvent au plaisir que nous aurons si on n'a aucun reproche à t'adresser; enfin, reçois nos tendres embrassements.

Ta dévouée sœur.

---

Ma chère Amie,

Nous voilà presque toutes rentrées enclasse, et nous sommes toutes disposées à changer de conduite, à prouver à notre maîtresse que nous comprenons l'intérêt qu'elle nous porte, que nous voulons nous corriger et travailler avec courage, afin de profiter du temps que nos parents nous laissent encore pour notre instruction. Tu manques encore à l'appel, ma chère amie; les plaisirs de la campagne, je le vois, ont beaucoup de charme pour toi; mais je viens te rappeler à l'ordre, en te faisant remarquer que, pendant que nous travaillons, toi tu oublies ce que tu as appris et que tu te trouveras en retard.

J'espère, ma chère amie, que tu ne te feras pas attendre longtemps; nos compagnes et moi, nous avons le plus vif désir de te revoir et de t'embrasser.

Ta dévouée amie.

---

Ma chère Amie,

Mon rêve du moment est d'arriver au tableau d'honneur. Quel bonheur, si je pouvais enfin dire à mes bons parents que leur fille a mérité d'être comptée parmi les élèves les plus raisonnables! Ce qui me paraît le plus difficile, c'est d'être une semaine entière sans causer en classe; un mot à une voisine est si vite dit, et pourtant ce que Madame exige de nous est de toute justice, car, enfin, en causant toujours, on ne peut pas s'appliquer, on ne retient rien des explications, on fait mal ses devoirs, on mécontente sa maîtresse et on se fait punir. Si tu le veux bien, ma chère amie, nous passerons nos récréations à nous encourager mutuellement à être dociles et bien appliquées. Je sens que j'ai bien des défauts à corriger. Si je mérite si souvent des reproches, c'est que je ne veille pas assez sur moi-même ; mais je rougis de ne pas être meilleure et je veux changer.

Je compte sur toi, ma bien bonne amie, pour me rappeler mes résolutions lorsque tu me verras disposée à les oublier ; par là, tu me donneras la meilleure preuve de ton amitié.

Ta sincère amie.

---

Ma chère Amie,

Depuis la rentrée, conviens-en, tu n'as guère fait d'efforts pour te corriger ; tu es toujours la même : dissipée, paresseuse, désobéissante, impolie contrariante avec tes compagnes. Madame est continuellement obligée de te gronder ; ces demoiselles ne peuvent te souffrir ; il est probable qu'avec tes parents tu ne montres pas de meilleures qualités. Réfléchis bien, ma chère amie ; pense qu'avec une telle conduite tout le monde te détestera et que tu seras malheureuse. Deviens plus douce, plus soumise, plus studieuse ; sois bonne pour tout le monde : la bonté sied si bien à une jeune fille ; demande chaque jour à Dieu, avec ferveur, de te venir en aide, il n'abandonne pas ceux qui le prient et il aime surtout la prière des enfants. Crois bien, que les conseils que je te donne me sont dictés par mon amitié pour toi. Mon langage te paraîtra dur ; si je te parle ainsi, c'est parce que je t'aime beaucoup et que je veux ton bien ; tu as assez de raison pour me comprendre et rendre justice à mes intentions.

3.

Ma chère Amie,

J'ai appris aujourd'hui qu'une indisposition t'empêche de venir parmi nous prendre ta place habituelle; j'en éprouve une grande contrariété, d'abord, parce que tu souffres, ensuite, parce que je suis privée du plaisir de te voir. Je vais bien prier Dieu pour qu'il te rétablisse au plus vite et que tu reviennes à la pension. Nous avons quelques nouvelles compagnes qui paraissent très-gentilles; je ne t'en fais pas le portrait, parce que j'espère que bientôt tu pourras faire connaissance avec elles. Je t'annoncerai aussi de nouvelles études, un nouveau tableau d'honneur où quelques-unes sont déjà marquées. Je brûle du désir d'y figurer, mais aurai-je le bon esprit de me conduire assez bien pour cela? Je vais bien demander à Dieu, dans mes prières, d'être courageuse, soumise, polie, de ne pas bavarder du tout, d'être douce avec mes compagnes, car voilà ce que notre maîtresse demande de chacune de nous pour arriver au tableau d'honneur. Je crains de te fatiguer en causant plus longtemps avec toi; je te quitte donc, ma chère amie, en t'embrassant un million de fois et en te priant de ne pas m'épargner lorsque tu me trouveras en défaut.

Ta toute dévouée amie.

---

Ma chère Amie,

Si je te faisais le récit de tout ce que nos compagnes disent de toi, je t'affligerais, sans doute, et tu t'indignerais d'être traitée aussi mal. Si, cependant, une de tes amies dont le dévoûment te serait connu, venait te dire que c'est avec raison qu'on critique ton caractère, le croirais-tu? Je veux être cette amie sincère; je veux te dire que si nos compagnes se plaignent, c'est que tu leur en donnes le sujet; vois comment tu les reçois, quand elles te demandent un service qu'il te coûterait peu de leur rendre. Quand une d'elles fait une faute, avec quelle malice tu la reprends, comme tu te plais à persiffler! Joins à cela le mauvais exemple que tu donnes par tes désobéissances et tes impolitesses à l'égard des maîtresses. Conviens, que cela est bien suffisant pour que nos compagnes n'aient pas pour toi grande amitié. Je n'ai pas encore relevé tous les petits travers qu'on a à te reprocher, parce que je ne veux pas me montrer trop sévère avec toi ; ce que je veux, c'est que tout le monde puisse t'aimer comme je t'aime, c'est qu'on sache que tu as un bon cœur. Pour te parler comme je l'ai fait, mes seuls droits sont mon amitié pour toi ; ils te paraîtront suffisants, je l'espère, et tu me pardonneras ma franchise, tout en la mettant à profit.

Ta dévouée amie.

---

Ma chère Amie,

On me dit que tu ne veux plus revenir à la pension, parce que tu es souvent punie ; on te réprimande souvent, et tu crois que tes maîtresses ne t'aiment pas. Permets-moi de te dire que tu es bien enfant de prendre ainsi les choses. C'est parce qu'on s'intéresse à toi, parce qu'on veut ton bien et qu'on t'aime, qu'on te reprend. Crois-le, il n'est pas agréable pour une maîtresse d'avoir toujours à gronder, ce n'est qu'avec peine qu'elle nous punit ; elle préférerait infiniment n'avoir que des éloges à nous adresser ; sa tâche serait beaucoup plus douce. Quand, plus tard, tu serais dans le monde, qu'on te fuirait, qu'on te détesterait, qu'on te critiquerait à cause de tes défauts, ne regretterais-tu pas de n'avoir pas tenu compte de ces bons et sages conseils dictés par l'expérience et le dévouement d'une institutrice qui est pour nous une vraie mère ? Reviens, ma chère amie, reviens avec nous, et repète-toi souvent ce proverbe : « Qui aime bien châtie bien. » Quand tu seras bien convaincue de cette vérité, et que tu recevras une punition sévère, une forte réprimande, tu n'auras que de la reconnaissance pour la personne qui cherche à te corriger.

Ma lettre a été bien sérieuse; elle m'est dictée par le désir de te revoir et de te rendre plus raisonnabls.

Ta dévouée amie.

---

Ma chère Amie,

As-tu bien pensé à la peine que ta conduite doit faire à ta mère? Non, assurément, sans cela tu aurais fait cesser un état de choses qui met l'ennui dans ta maison. Tu t'es offensée de la manière dont elle t'a grondée devant nous; en te faisant des reproches devant témoins, elle a voulu te mieux faire sentir tes torts et par conséquent t'amener plus promptement à les réparer; c'est par des impolitesses, je dirai même par des grossièretés, que tu as reconnu le bien que te veut une si bonne mère. Dans le moment de l'emportement, que tu te sois laissée aller à la mauvaise humeur, je le comprends; mais ce que je ne comprends pas, c'est que tu persistes dans une obstination coupable. Comment as-tu pu passer la nuit avec la pensée que tu avais offensé ta mère, que tu avais fais couler ses larmes, qu'elle pouvait accuser ton cœur, douter de ton amour et de ta reconnaissance, elle qui chaque jour te donne de nouvelles preuves de tendresse et de dévouement. Hâte-toi de la consoler de la peine que tu lui as faite, répare au plus vite le chagrin que tu lui as causé, qu'elle puisse encore te regarder comme sa joie et sa consolation! Jette-toi dans ses bras, elle ne te repoussera pas.

Adieu, ma chère amie, suis mes conseils, si déjà tu ne m'as prévenue. Je ne pourrais croire à la sincérité de ton emitié pour moi, si tu prolongeais le chagrin de celle que tu dois aimer par dessus tout.

Ta dévouée amie.

---

Ma chère Sœur,

Le moment de ta première communion approche, tous tes efforts doivent tendre à te bien préparer à cette grande action; maintenant, on ne doit plus remarquer en toi aucun défaut, tu dois être le modèle de toutes tes compagnes. Je n'exagère pas en te disant qu'il faut que tu sois parfaite. Les petites filles sont souvent tentées de se faire prier pour se lever matin; elles s'habillent lentement et avec négligence; leurs prières se font sans attention; en classe, la langue marche sans cesse, et les devoirs se font mal; on se taquine entre compagnes; on n'aime pas à céder; on se permet quelquefois de petites médisances (je n'ose penser à la calomnie); on obéit à ses parents et à ses maîtresses tout en murmurant; on finit bien par obéir mais après s'être fait répéter plusieurs fois la même chose; à table, on veut de ceci, on ne veut pas de cela; on s'est fait prier pour se lever, on se fait encore prier pour se coucher; enfin, on est en contradiction continuelle avec le devoir.

Eh bien! ma chère amie, tout doit changer; maintenant, il faut montrer de la joie dans l'obéissance et du zèle dans le devoir; il faut qu'on puisse en tout te proposer pour modèle; il faut qu'on s'aperçoive que tu vas faire ta première communion. De la manière plus ou moins digne dont tu feras cette importante action peut dépendre le bonheur de ta vie et peut-être de ton éternité.

Voilà, te diras-tu, une lettre bien sérieuse; tu me reprocheras peut-être de ne pas prêcher d'exemple; ce reproche, je me l'adresse tous les jours, et je serais heureuse de rencontrer une amie qui me parlât avec la sincérité dont je fais preuve avec toi; quand on s'aime véritablement, peut-on se le prouver mieux qu'en s'avertissant réciproquement de ses défauts?

Adieu, ma chère amie, aime-moi comme je t'aime.

Ta dévouée sœur.

Ma chère Amie,

Tu m'as adressé une question bien grave en me demandant un conseil sur l'état que tu dois prendre ; n'ayant pas plus d'expérience que toi, il me serait difficile de te tirer d'embarras ; cependant je ne demande pas mieux que de te dire ce que je pense. D'abord, tu me parais peu raisonnable d'envier le sort des personnes que leur fortune met à l'abri du travail ; dans quelque position que ce soit, il y a des devoirs à remplir : crois-tu qu'on n'ait pas souvent beaucoup de peine avec les domestiques que l'on emploie ? Le commandement avec eux est parfois bien ennuyeux. On a à se plaindre de la probité de l'un, de l'humeur de l'autre ; celui-ci fait son ouvrage à moitié, celui-là espionne vos pas et démarches pour vous décrier, vous calomnier ; il arrive souvent qu'on regrette de ne pouvoir se servir soi-même. Cette surveillance sur les domestiques est un travail qui a ses désagréments, et d'ailleurs n'est-on pas toujours obligé de s'occuper ? Chacun a son genre d'occupation, et en connaît les ennuis. Telle personne qui passe son temps à recevoir des visites ; et telle autre qui doit être continuellement par monts et par vaux ne voient le bonheur que dans un intérieur tranquille, tandis que celui qui ne peut pas sortir désire l'air et la liberté. Mais je reviens à toi. Les états de femme sont bien peu lucratifs ; on tire l'aiguille du matin au soir, que gagne-t-on ? à peine ce qui est indispensable à la vie. Si je devais choisir entre les états de couturière, modiste, lingère, etc., je prendrais encore celui de couturière, parce que, dans quelque position qu'on soit, il est toujours utile de savoir raccommoder et faire les robes. Dans la peinture, la musique, il faut beaucoup de temps, beaucoup d'argent pour se perfectionner, et quand on a acquis un assez beau talent, on peut encore se trouver embarrassé. L'instruction est, à mon avis, la carrière la plus noble et la plus sûre ; on a beaucoup de peine avec les enfants, souvent beaucoup de désagréments avec les parents, mais les épines ne sont-elles pas toujours à côté des roses ?

Tu es intelligente ; en attendant que tu aies ton diplôme, tu peux te placer comme maîtresse d'études dans une pension où tu pourras achever de l'instruire et acquérir l'expérience nécessaire pour former toi-même dans la suite, le cœur et l'esprit des enfants.

Tu vois que je n'ai pas de grandes connaissances sur les diverses occupations des femmes; je t'ai nommé plusieurs états: dans les uns on gagne peu et on se fatigue beaucoup; dans les autres il est à craindre que, quelque réserve que l'on garde, la réputation ne soit exposée. Je me suis arrêtée à la profession d'institutrice; peut-être y en a-t-il mille autres qui valent mieux, mais elles me sont totalement inconnues; je ne puis donc t'en parler. Quand tu auras pris une décision, j'espère que tu m'en feras part. Je crains bien que ma lettre ne soit pas d'un grand poids dans le choix que tu dois faire; il me serait pourtant bien agréable, si je le pouvais, de t'aider dans une circonstance où il faut beaucoup de prudence et de réflexion; c'est à mon jugement que tu t'es adressée, ne t'étonne donc pas de l'insuffisance de ma réponse; une autre fois adresse-toi à mon cœur et tu verras que je ne me laisse surpasser par personne.

Ton amie dévouée.

---

Ma chère Sœur,

Tu te plains des taquineries de tes compagnes, tu t'en affectes, tu t'en trouves malheureuse, tu as cependant des principes religieux qui devraient t'empêcher d'oublier que nous sommes sur la terre pour souffrir. Et d'ailleurs, penses-tu être bien à plaindre parce qu'une ou deux espiègles te contrarient, parce que tu n'es pas du goût de quelques grimacières? Examine ta conduite et vois si tu n'as pas quelques torts, si tu n'as pas donné prise à la rancune. Dans tous les cas, tu dois travailler à désarmer les plus acharnées par ta douceur, ta patience, ton obligeance; cède toujours en toutes circonstances, tu montreras que tu as plus d'esprit que celles qui veulent avoir le dessus avec toi.

Ces petites contrariétés que tu supportes maintenant te formeront le caractère; elles ne sont encore qu'une bien faible image de ce qui t'attend plus tard, car tu es exposée dans la vie à te trouver en contact continuel avec des personnes dont l'humeur, les habitudes, les goûts soient en contradiction avec ta manière de voir, de sentir, de penser; habitue-toi à te voir contrariée, par la suite tu te résigneras sans effort; tes petites peines d'à présent te rendront forte pour l'avenir. Fais à Dieu le sacrifice de ta volonté; soumets-toi pieusement pour lui à ce qui t'ennuie.

Tu vois, au lieu de te plaindre, je veux te montrer que tu es heureuse de ce qui t'arrive, et je voudrais de tout mon cœur que tu penses comme moi. Tu ne doutes pas de mon amitié, tu peux donc croire que s'il était en mon pouvoir de te consoler autrement tu m'y trouverais tout disposé, comme je le suis et le serai toujours à te prouver que tu n'as pas de meilleur ami que moi.

Ton dévoué frère.

---

Ma chère Sœur,

Tu me demandes quelle marche tu as à suivre pour obtenir beaucoup de prix; la réponse n'est pas difficile à donner et tu la connais à l'avance : il faut travailler. Tu aurais peut-être mieux fait de me demander comment il faut s'y prendre pour bien travailler, là est toute la difficulté, car nous sommes tous de même, nous aimons bien à jouer, à causer, convenons-en. Du sérieux pour le moment. Pour atteindre un bon résultat, il faut tâcher de profiter des leçons de toute l'année, et ne pas attendre, par exemple, pour commencer à étudier, le moment d'une composition. Au moment d'un concours les anciens souvenirs ne seraient certes pas suffisants; il faut tout savoir de fraîche date ; il faut que tout soit bien présent à la mémoire ; mais il est bien plus facile de bien comprendre et de retenir ce que l'on a déjà su.

Les quelques jours qui précèdent une composition, il faut n'avoir en tête que ce que l'on veut apprendre, en faire toute son occupation, se poser des questions et voir si l'on serait en état d'y bien répondre, en cas que ces mêmes questions doivent décider de la première place ou du prix.

Après avoir bien étudié un abrégé, qui donne des notions générales, apprend à analyser les faits, à les classer, il faut lire un ouvrage assez détaillé pour faire bien comprendre, bien apprécier l'abrégé, donner une juste idée de l'importance des choses. Tu me poses une question sérieuse, je te réponds avec tout le sérieux dont je suis capable, mais je m'arrête, parceque je t'ai à peu près tout dit et que d'ailleurs je dois commencer à t'ennuyer.

Tu me verras donc terminer avec plaisir, j'aurais pourtant bien voulu te répondre avec la sagesse d'un docteur, mais je n'ai encore que mon expérience de collégien, c'est peu. Personne, par exemple, ne sent mieux que moi que je t'aime et j'espère que sur ce point nous nous comprendrons toujours à merveille, tout simplement en laissant parler notre cœur qui est fait depuis longtemps au même langage.

Ton dévoué frère.

---

Ma chère Amie,

Tu me parais bien joyeuse de ce que tu vas être marraine; je parie que tu ne vois dans ce titre que des dragées à manger, un nom à choisir, un enfant à caresser. Tout cela est fort bien, mais ce n'est pas tout, il y a le côté sérieux, auquel il n'est pas sûr que tu aies réfléchi, et qui te désenchanterait peut-être, si tu le connaissais. La marraine est pour l'enfant une seconde mère. Si l'enfant devient orphelin, elle doit s'en charger, veiller sur son éducation, le guider dans la carrière qu'il embrassera, faire pour lui ce que ferait une mère. Il est vrai qu'on voit peu de marraines prendre au sérieux ces engagements; en dehors du jour du baptême elles se soucient peu de leurs filleuls, et ne voudraient certes pas être ennuyées ni incommodées, parce qu'elles ont eu la fantaisie de donner un jour un nom à un enfant. Le mal que nous voyons faire ne rend pas le nôtre excusable; si donc tu es marraine, subis-en les conséquences ; non-seulement sous le rapport des dragées, que, sans plaisanterie, il est certes bien permis de ne pas perdre de vue ; mais surtout sous le rapport des graves engagements que tu prendras devant Dieu.

J'use, comme tu le vois, des quelques années que j'ai de plus que toi, j'en use pour te faire connaître des obligations, que tu dois t'engager à remplir, et auxquelles tu ne pourrais manquer sans charger ta conscience.

Je ne sais comment tu recevras une lettre aussi sérieuse, elle t'étonnera de ma part parce qu'avec toi je ne suis guère habitué à être raisonnable; tu le vois cependant à l'occasion on sait n'être plus enfant; qu'en dis-tu?

Je n'ajoute plus qu'une chose, et c'est, entre nous, la plus importante :

Je t'embrasse comme je t'aime.

# LETTRES DE FÉLICITATIONS.

S'il faut pleurer avec un ami, il faut aussi se réjouir avec lui ; rien de ce qui lui arrive ne doit nous laisser indifférent.

Les lettres de félicitations doivent être faites gaiement; on ne les écrit que dans les occasions heureuses, on aurait donc mauvaise grâce à prendre un style monotone et sentencieux. Les félicitations qu'on adresse à un supérieur doivent être réservées et courtes; on y doit éviter les expressions triviales et les lieux communs ; les mêmes précautions ne sont pas nécessaires avec un inférieur ou avec un ami. Pour leur parler on s'inspire de l'événement et du bonheur qui y est attaché.

---

### Ma chère Amie,

J'ai appris avec un bien vif plaisir les succès que tu as obtenus à la distribution des prix. Quel bonheur tu devais éprouver en recevant la récompense de tes efforts, de ton travail de toute l'année ? Je me mets à ta place, et je sens l'émotion qui devait t'agiter à chaque nouvelle nomination. Six prix ! Sais-tu que c'est magnifique pour toi, qui devais concourir avec des élèves très-avancées déjà et bien plus âgées que toi. C'est surtout pour tes parents que tu devais être fière de ton triomphe ; en effet , leur bonheur, leur joie, leur consolation, leur orgueil, tout cela est placé sur la tête de leur fille. Tu as bien gagné le repos ; oublie pendant les vacances la grammaire, l'histoire, la géographie et toutes les sciences qui t'on mis pendant l'année l'esprit à la torture ; n'oublie pas d'écrire, car je veux avoir de tes nouvelles, je veux que tu me dises en détail les prix que tu as eus, si tu en attendais plus ou moins ; fais-moi part de tes joies : je ne puis être indifférente à ce qui à rapport à toi. A l'ouvrage, encore une fois, pour ton amie qui est heureuse de ton bonheur et veut le connaître tout entier.

Je t'embrasse mille et une fois.

Ta dévouée amie.

Ma chère Amie,

Je ne pouvais apprendre de nouvelle plus agréable que celle de ta réussite dans les examens. Te voilà institutrice ! grâce à ton savoir, tu pourras devenir la Providence de ta famille et te créer une position ; il faut espérer que le succès couronnera tes entreprises et que tes efforts ne seront pas infructueux. C'est à peine si j'ose encore t'écrire maintenant que ta mission est de former l'esprit et le cœur des enfants, maintenant que tu auras de l'influence sur la société Sais-tu que ces choses-là sont graves et donnent matière à bien des réflexions ? Je n'ose plus rire avec toi ; je n'ose plus te parler de nos enfantillages, mais s'il y a du changement en toi, c'est assurément du côté de l'esprit, du savoir et nullement du côté du cœur ; si tu me vois toujours un peu folle, tu ne t'en effraieras et tu ne m'en continueras pas moins ton amitié.

Je t'écrivais pour te faire compliment du diplôme que tu as obtenu et voilà que j'oublie le but de ma lettre ; je ne m'en souviens qu'en terminant ce qui ne t'empêchera pas, j'espère, de regarder mes félicitations comme aussi sincères que mon amitié.

---

Ma chère Amie,

Je puis maintenant te regarder comme une heureuse du siècle, puisque tu es dans les conditions de ceux à qui l'on porte envie. Je suis enchantée pour toi de la fortune qui t'est survenue, elle sera pour toi une source de bonheur ; mais pas dans le sens qu'on pourrait supposer, car tu ne t'en serviras pas comme tant d'autres pour te faire de la terre un paradis de jouissances dans le luxe, le confortable, les plaisirs ; tu t'en serviras pour faire du bien, pour rendre service aux uns, pour relever et consoler les autres, encourager ceux qui n'espèrent plus, créer une existence à ceux qui sont sans ressources. Combien il est fâcheux que la fortune se trouve si rarement en des mains telles que les tiennes, car tu ne seras pas changée : tu étais bonne, généreuse, compatissante ; maintenant, tu peux te livrer aux nobles élans de ton cœur, et je m'en réjouis pour la source de plaisirs que ta nouvelle position va te donner.

Je n'ai pas voulu être la dernière à te féliciter ; d'autres auraient peut-être attendu que tu fisses la première démarche ; il me semble qu'on ne doit pas calculer avec une amie telle que toi, voilà pourquoi mes félicitations t'arriveront avant que tu ne m'aies donné toi-même la nouvelle de ton changement de fortune.

Quoique je puisse t'accuser d'un peu de négligence à mon égard, je n'en suis pas moins pour la vie la plus sincère et plus dévouée de tes amies.

* * *

Ma chère Amie,

On me dit que ta sœur se marie ; c'était ton désir, aussi j'aime à croire qu'on ne m'a pas trompée et que l'événement que tu espérais si vivement va enfin se réaliser. Je ne sais à ce sujet si je dois ou non te féliciter, car si tu désires le mariage de ta sœur, c'est, si je ne me trompe, afin d'avoir chez toi une maîtresse de moins, et par cela même d'avoir un peu plus d'autorité. Ta sœur était une amie éclairée dont les bons conseils pouvaient souvent t'être fort utiles ; je crains bien que tu ne sentes tôt ou tard le vide de son absence ; elle te contrariait quelquefois, mais toujours pour des motifs raisonnables ; c'était une seconde mère, tendre et bien dévouée. J'aurais mauvaise grâce à chercher à t'alarmer, lorsqu'au contraire je t'écris que je prends part à la joie, et d'ailleurs tes réflexions du moment ne peuvent être bien sérieuses au milieu des préparatifs de fête.

Bon plaisir, ma chère amie ; qu'aucun regret, aucun ennui ne vienne troubler ta joie ; tu as pour cela les vœux de ta meilleure amie.

* * *

Ma chère amie,

Tu m'annonçais la naissance d'un petit frère, c'est, dis-tu, un événement qui te réjouit fort ; je m'en réjouis avec toi, parce que ce qui te fait plaisir m'en fera toujours aussi ; je m'étonne pourtant de la joie que tu témoignes, tu ne m'avais jamais paru fort enchantée de la naissance du nouvel héritier. Tes sentiments ont changé, tant mieux, car aussi bien tes regrets seraient inutiles. Dieu t'envoie un petit frère, et tu le garderas tant que Dieu lui prêtera vie. J'ai fait malgré moi un retour sur tes anciens sentiments ; j'ai eu tort ; je n'aurais dû que te féliciter ; passe-moi ma boutade et réjouissons-nous ensemble puisque tu y es disposée. Je n'aurais d'ailleurs pas pu te considérer comme bien malheuse ; tu es grande, et tu seras pour ainsi dire, la petite maman de cet enfant ; tu pourras le caresser, le porter, t'en amuser, lui apprendre à parler, l'habiller : ce sera pour toi une poupée vivante qui ne t'enlèvera rien de l'affection de tes parents, car une mère aime chacun de ses enfants comme s'il était seul ; elle soigne l'un sans négliger l'autre ; sa tendresse se multiplie à mesure que sa famille augmente ; elle est la mère de tous, et son cœur parle pour tous. Si tu te sens parfois un peu de jalousie, caresse beaucoup ton petit frère ; habitue-toi à l'aimer, et tes parents sauront reconnaître ton bon cœur.

Adieu, ma chère amie, j'irai bientôt voir le **nouveau-né** que j'aimerai tout de suite, s'il te ressemble.

---

Ma chère Amie,

J'apprends qu'en ce moment les événements les plus heureux se succèdent pour toi avec une merveilleuse rapidité : des visites, des cadeaux, des invitations, ton sort enfin exciterait l'envie de ceux qui placent leur bonheur dans ce monde. Je me réjouis pour toi du plaisir que tu éprouves ; je me hâte de t'en féliciter : dans quinze jours il serait peut-être trop tard, car les joies du monde cachent, je crois, bien des épines. Ce qui excite aujourd'hui notre joie nous offre souvent le lendemain un sujet de chagrins et de tristesse. Mais à quoi bon cette réflexion qui me survient ? Tu es heureuse, tu mènes une vie d'enchantement et de fêtes ; jouis-en, ma chère amie, tu es dans l'âge où l'on est insouciante ; tu es aussi dans la position où on l'est. Il y en a qui, bien jeunes, ont été désillusionnées. Mes idées sombres se représentent malgré moi, j'ai peur de t'attrister, je me reprocherais de le faire.

Quand je te verrai, j'espère que tu me feras le récit de toutes tes joies, et je t'assure que j'y prends d'avance une part bien vive.

Adieu donc, je te quitte pour te laisser à ton bonheur.

## LETTRES DE RECOMMANDATION.

On recommande avec chaleur une personne à qui on s'intéresse vivement ; on fait alors son éloge, on vante ses qualités, son aptitude à remplir telle ou telle position, on appuie sur tout ce qui peut lui concilier l'estime et la bienveillance.

On sollicite nécessairement avec moins d'instance pour une personne qui excite un moindre intérêt. La chaleur de la recommandation est naturellement proportionnée aux sentiments qu'inspire le protégé.

Le ton que l'on emploie doit être en rapport avec le rang de la personne à qui l'on s'adresse.

Il faut bien prendre garde de vanter imprudemment une personne d'une probité ou d'une moralité douteuse, car on répond en quelque sorte de celui qu'on a recommandé ; ses fautes pourraient faire peser sur vous une espèce de complicité. La prudence ne doit cependant pas être poussée jusqu'au mauvais cœur : celui qui se compromet pour obliger est certes préférable à l'égoïste ne se préoccupant jamais des autres.

----

### Mon cher Ami,

C'est un grave sujet que celui qui me fait t'écrire : te voilà appelé à accorder secours et protection à un de mes amis qui va entrer dans le même collége que toi. Il est tout jeune, il n'a jamais quitté ses parents, et tu dois comprendre qu'il lui paraîtra dur de se trouver tout à coup au milieu de figures inconnues loin de sa mère toujours aux petits soins, loin de son père toujours prêt à l'indulgence. Je te le recommande bien, c'est un charmant enfant d'un cœur excellent ; sois assez bon pour lui rendre les premiers temps moins pénibles en le prenant avec toi aux heures de récréation, en lui disant ce qu'il a à faire, enfin en le mettant tout à fait au courant. Je ne doute pas mon cher ami, que tu ne t'y prêtes avec ton obligence ordinaire ; aussi, en te le recommandant, suis-je assuré qu'il sera avec toi comme il eût pu être avec moi qui le connais et qui l'aime. Ta bonté m'est trop connue pour que je puisse douter de toi un seul instant.

Reçois à l'avance mes sincères remercîments et crois-moi toujours ton dévoué ami.

----

Mon cher Ami,

Tout n'est pas gai dans cette vie et tu vas bien t'en apercevoir. La pauvre femme dont je t'avais parlé est morte ; elle laisse une petite fille orpheline qui serait dans la rue si quelques personnes charitables n'avaient pitié d'elle. J'aurais bien voulu la prendre avec moi, l'aimer, la regarder comme ma sœur, mais tu le sais, ma mère n'est pas riche et cette nouvelle charge ajoutée à toutes les autres aurait augmenté sa gêne. Voici ce qui a été décidé avec les personnes qui s'occupent de cette pauvre enfant : On va faire une loterie, et avec le produit on tâchera de la placer dans une de ces maisons où on reçoit un peu d'instruction et où l'on apprend à travailler jusqu'à vingt-et-un ans ; à cet âge, on est en état de se suffire et on devient libre.

Réserve-nous tes petites économies ; prends autant de billets de loterie que tu pourras, offres-en à tes connaissances ; tâche aussi de nous envoyer des lots ; participe de tout ton pouvoir à la bonne œuvre que nous avons entreprise : il est si doux de pouvoir faire du bien, de soulager les malheureux !

Tu joindras tes efforts aux nôtres, j'en suis bien convaincu, tu es si bon ! Je te remercie à l'avance et t'assure de nouveau de toute mon amitié.

Ton sincère ami.

---

Madame,

Je suis à peine connu de vous, et cependant j'espère que vous ne me blâmerez pas de m'adresser à vous ; je sais que, quand il s'agit d'être utile, de rendre un service, de faire du bien, on est sûr de trouver en vous cette bonté qui encourage et qui fait tout oser. Un charmant jeune homme de mes amis, dont la famille a éprouvé des revers, cherche en ce moment à se placer, afin non-seulement de pouvoir se subvenir, mais encore d'aider ses parents qui sont dans le besoin. Je puis vous dire que mon ami mérite à tous égards

4

la protection des personnes pour qui le malheur et la vertu
sont une recommandation. Votre position, Madame, vous
facilite les moyens de lui être utile ; veuillez vous intéresser
à lui et vous montrer avec lui aussi généreuse que vous
l'avez été pour tant d'autres ; sa reconnaissance et la mienne
vous seront acquises et vous n'aurez qu'à vous applaudir
de l'intérêt que vous lui aurez montré, car les qualités qu'il
possède sont une garantie que partout où on l'emploiera on
n'aura qu'à s'en féliciter.

Recevez l'assurance de la haute considération avec laquelle j'ai l'honneur d'être, Madame,

Votre très-humble et très-obéissant serviteur.

---

Madame,

Pardonnez-moi si je me rends importun auprès de vous ;
je sais qu'on vous trouve toujours quand il s'agit de rendre
service, et c'est ce qui fait que je ne crains pas de m'adresser à vous aussi souvent. Nous voudrions procurer une
place à une femme d'un certain âge qui se trouve dans une
malheureuse position ; elle accepterait n'importe quelle
condition : garde d'enfants, femme de charge ; elle est assez
capable pour pouvoir se tirer d'affaire à la satisfaction de
ceux qui l'emploieront.

Veuillez, Madame, être assez bienveillante pour voir parmi vos connaissances s'il ne serait pas possible de placer
cette personne dont le malheur est fait pour exciter l'intérêt.

Votre bonté m'est trop connue pour que je puisse la
mettre en doute : veuillez donc, Madame, recevoir à l'a-
vance mes remercîments pour les efforts que vous ferez.

Votre respectueux serviteur.

---

Monsieur,

Permettez-moi de recommander à votre bienveillance un malheureux père de famille dans la misère, qui cherche du travail pour sortir de sa position pénible. Je ne vous dirai pas à quoi il est propre ; vous pourrez en juger mieux que moi quand vous l'aurez vu. Son infortune sera sans doute son plus grand titre à votre intérêt. Si je ne savais quel plaisir vous trouvez à soulager le malheur, je ne me hasarderais pas auprès de vous, d'avance je serais sûr d'échouer ; je ne sais comment m'y prendre pour appuyer les sollicitations que j'ai le plus à cœur.

Mes titres pour m'adresser à vous sont sans doute fort peu de chose ; mon plus grand mérite est d'être, Monsieur, le plus humble de vos serviteurs.

———

Monsieur,

La générosité qui vous caractérise m'est trop connue pour que je ne lui offre pas, quand je le puis, l'occasion de se produire. Un jeune homme de nos connaissances cherche un emploi ; il a fait toutes ses classes, il a des mœurs, de l'esprit, un charmant caractère ; le travail, quel qu'il soit, ne l'effraie pas ; il ferait un excellent employé dans n'importe quelle administration. Voulez-vous bien, Monsieur, user de votre crédit pour lui faire trouver une place en rapport avec ses talents. Il vous devra tout, et votre charmante action aura donné à la société un jeune homme de distinction qui, faute d'appui peut connaître la misère et se laisser entraîner dans une voie funeste.

Merci à l'avance pour votre bon vouloir qui ne sera pas sans résultat ; je vous remercie comme si c'était de moi-même que vous vous soyez occupé ; comptez sur ma reconnaissance, que mon jeune ami partagera bientôt.

Agréez, je vous prie, Monsieur, l'assurance de ma haute considération.

# LETTRES DE REMERCIMENTS

—

Pour remercier d'une mani re convenable, il faut tâcher de saisir l'intention du bienfaiteur. Le remercîment vient du cœur, puisqu'il doit être dicté par la reconnaissance. C'est la sensibilité dont on est doué qui rend la lettre plus ou moins affectueuse ou simplement respectueuse.

Lors même qu'on ait été peu flatté de l'attention dont on a été l'objet, il est bon, par délicatesse, de remercier en proportionnant toutefois la chaleur du style à la nature de la grâce reçue et aux circonstances qui l'ont accompagnée.

---

**Chers Parents,**

Encore une marque de votre tendresse et de votre sollicitude. Je suis vraiment bien heureux d'avoir d'aussi bons parents, et leur prouver ma reconnaissance par tous les moyens qui sont en mon pouvoir, c'est bien le moins que je puisse faire. Tous mes efforts vont tendre à vous contenter ; je veillerai bien sur moi, afin de ne plus retomber dans les défauts que vous me reprochez ; je veux enfin que ma conduite soit un continuel remercîment de vos bontés, de tous les soins que vous avez déjà pris de moi, de toutes les peines que je vous ai données. Puissé-je parvenir à m'acquiter de la dette de reconnaissance que je contracte chaque jour envers vous.

Votre respectueux fils.

### Chère Bonne-Maman,

J'ai reçu avec grand plaisir, les étrennes que vous m'avez envoyées, et je vous remercie de votre bonté pour moi. Que de jolis objets, que de surprises agréables dans votre charmant cadeau ; je ne mérite vraiment pas que vous preniez aussi fort à cœur ce qui doit m'être agréable ; cependant plus vous faites pour moi, plus je sens la nécessité de me rendre digne de votre amitié. Je n'abuserai pas de votre bonté, chère Bonne-Maman, je la justifierai par mon travail, ma bonne conduite, mon empressement à vous satisfaire.

Adieu, chère bonne Maman, recevez mes tendres embrassements, ils vous diront combien je vous aime et je vous remercie.

Votre respectueux petit-fils.

---

### Mon cher Oncle,

J'ai eu le mauvais esprit de paraître froissé des avis que vous me donniez; vous le voyez, j'étais dominé par un amour-propre qui m'empêchait de réfléchir à la justesse de vos observations. Je me plais à croire que vous ne garderez pas le souvenir de ma sottise et je vous remercie maintenant de grand cœur de m'avoir aimé assez pour me dire mes vérités. Soyez assez bon pour me continuer vos conseils, j'y répondrai en m'efforçant de les suivre et de regagner votre amitié qui a pu recevoir une atteinte par le méchant caractère que j'ai montré.

Veuillez, mon cher oncle, agréer mes excuses en même temps que mes remercîments, et me montrer que vous m'aimez toujours en continuant la guerre que vous avez déclarée à mes défauts.

---

Monsieur le Curé,

Depuis longtemps, vous nous donnez vos excellentes instructions, vous nous prêchez toutes les vertus ; vos bons conseils nous aident à nous corriger de nos défauts ; grâce à la morale que vous nous enseignez, nous saurons quelle ligne de conduite nous devons suivre dans le monde ; c'est une seconde vie que nous vous devrons, et celle-là, qui nous fait aimer le bien et prendre le mal en horreur, est bien plus importante que la vie naturelle. Merci, monsieur, pour les soins que vous avez pris de moi ; nourri par vos bonnes paroles, j'espère vous prouver que je mets à profit les lumières que je tiens de vous.

Veuillez agréer, monsieur, la profonde reconnaissance de votre humble et reconnaisssnt serviteur.

---

Monsieur,

Vous avez accepté la tutelle de mes biens avec une bonté dont je vous remercie. Je le sais, cette charge impose de grands devoirs ; elle est d'une grande responsabilité. Vous avez trouvé dans votre cœur assez de générosité pour vous dévouer à l'orphelin ; aussi j'aurai pour vous plus que de la reconnaissance, j'aurai pour vous la tendresse d'un fils pour son père ; car si vous n'êtes pas mon père par la nature, ne le devenez-vous pas par la protection que vous m'accordez ?

Mes remercîments sont bien peu de chose ; si un amour vraiment filial vous les rend plus agréables, vous y avez certainement des droits que je n'aurai pas l'ingratitude de méconnaître.

Votre respectueux pupille.

Monsieur,

En pensant à ce que je vous dois, à ce que vous faites continuellement pour moi, je voudrais vous remercier comme il convient, et je sens toute mon impuissance à le faire. Bien des cœurs vous bénissent, monsieur, et leurs bénédictions montant vers Dieu lui demandent pour vous le bonheur que vous cherchez à donner aux autres. Il me semble que je serais soulagé d'un grand poids, si je pouvais vous faire comprendre la reconnaissance dont je suis pénétré pour tout ce que je vous dois et que mes paroles ne vous diront jamais assez. Veuillez donc, monsieur, dans votre extrême bonté, me tenir compte de ce que je sens fort bien, tout en le disant fort mal.

Agréez, je vous prie, monsieur, l'assurance de ma haute considération.

———

Monsieur,

On trouve rarement une personne généreuse qui prenne vraiment à cœur le bien des autres ; nous avons eu le bonheur de trouver en vous cette bonté, cette noblesse qui font qu'on ne se rebute pas des obstacles quand il s'agit de venir en aide à ceux que le malheur a frappés. Nous ne vous remercierons jamais assez pour les services que vous nous avez rendus ; jamais nous ne pourrons vous faire comprendre combien nous sommes touchés de tout ce que vous avez fait. Nous ne pouvons rien, monsieur, et voilà notre regret ; il nous serait si doux de vous prouver que, pour nous, la reconnaissance n'est pas seulement un mot, mais un sentiment profond qui domine tous les autres.

Agréez, l'expression de la profonde gratitude et de la haute considération de,

Monsieur,

Votre très-humble et très-obéissant serviteur.

———

Ma chère Maîtresse ,

Me voilà maintenant dans ma famille ; j'y suis rentrée, après avoir reçu pendant longtemps vos bonnes leçons, vos excellents conseils  dont je n'ai pas, malheureusement pour moi, assez profité. Je ne vous ai pas  assez remerciée en vous quittant ; il vous a fallu avec moi tant de bonté, tant de patience ! Je me souviendrai toujours de la peine que vous avez prise pour me former au bien ; je m'en souviendrai pour vous aimer comme une seconde mère, puisque vous m'avez traitée comme votre enfant. La reconnaissance que j'éprouve pour vous, au lieu de diminuer, augmentera à mesure que je sentirai mieux, dans le monde, l'utilité de l'éducation que je tiens de vous.

J'espère, chère maîtresse, que vous n'oublierez pas votre élève, que vous lui pardonnerez les ennuis qu'elle vous a donnés, et que vous voudrez bien lui continuer votre amitié.

---

Ma chère Amie ,

Tu m'invites à aller passer la journée avec toi ; tu ne dois pas douter du plaisir que j'aurais eu à accepter, si j'avais été libre. J'ai été dérangée plusieurs fois dans la semaine, et mes parents ne veulent pas que je perde plus de temps. Je dois me soumettre, mais c'est pour moi une dure nécessité et qui me rend le devoir bien pénible. Tu dois me trouver peu raisonnable ; je le serais davantage, si je t'aimais moins, parce que j'aurais moins de regret.

J'espère être plus heureuse une autre fois et pouvoir me dédommager. Je te remercie de ton bon souvenir et je désire que tu t'amuses bien, ainsi que mes compagnes, à qui je te prie de dire, de ma part, mille choses aimables. Garde pour toi deux baisers bien affectueux.

Ta dévouée amie.

---

Ma chère Amie,

J'ai reçu ton invitation avec un grand plaisir, et j'ai la joie de pouvoir te dire que je suis autorisée à l'accepter. Quel bonheur de te revoir et de courir ensemble dans la campagne. Je ne suis plus occupée qu'à faire mille projets que je te communiquerai. Je te demanderai d'abord à partager ton petit jardin ; nous l'arrangerons ensemble ; j'apporterai des graines que nous sèmerons ; le soleil et nos soins les feront bientôt pousser. Je voudrais aller voir traire le lait, ce serait pour moi une nouveauté. Si cela te plaît, nous ferons une collection de papillons que nous rapporterons ici pour nous rappeler nos jours de liberté. Nous aurons toujours dans notre chambre un bouquet de fleurs des champs que nous renouvellerons chaque jour, puisque chaque jour nous en aurons de plus fraîches sous la main. Je t'ennuierais si je te faisais part de tout ce que je me propose ; un projet succède à un autre si rapidement que je ne pourrais même pas les retenir tous. Merci, ma chère amie, d'avoir pensé à moi ; juge du plaisir que tu m'as fait par mon empressement à te répndre.

Je t'embrasse de tout cœur.

---

Mon cher Ami,

Le petit cadeau que j'ai reçu de toi a été pour moi la plus agréable des surprises, et je t'en remercie de grand cœur. Je reconnais ton amitié à la délicatesse du choix ; tu peux t'applaudir d'avoir parfaitement trouvé mon goût. J'aurais mieux aimé te remercier autrement que par une lettre, mais comme cela m'était impossible, j'ai voulu sans retard t'assurer du plaisir que tu m'as fait.

Adieu, mon cher ami, je désire bien vivement te voir ; puisque cela ne se peut, que tes charmantes lettres soient pour moi une compensation souvent renouvelée.

Ton tout dévoué.

---

4.

# LETTRES D'EXCUSES.

Lorsqu'on a quelques reproches à se faire à l'égard d'un parent, d'un ami, d'un supérieur ou d'un bienfaiteur, au lieu d'écouter une fausse honte qui empêche de reconnaître ses torts, il est beaucoup plus noble de s'excuser : c'est la meilleure preuve d'esprit et de discernement que l'on puisse donner. On doit montrer plus ou moins de soumission, suivant la personne à qui l'on s'adresse et la faute qu'on a à réparer. Le ton de la plaisanterie ne peut guère convenir dans ces lettres, où on doit apporter de la confiance sans embarras et chercher à persuader qu'on est disposé à réparer sa faute.

Mon cher Père,

Vos bontés sont toujours présentes à mon esprit et si je vous ai offensé, ce n'est pas parce que je les oublie. Je sais les soins dont vous avez entouré mon enfance, les privations que vous avez supportées pour moi ; chaque jour encore, vous vous imposez des sacrifices, afin de subvenir aux frais de mon éducation ; vous me reprenez de mes défauts avec la plus grande patience, et je le sens bien, vous offenser après tant de bonté, c'est de ma part une ingratitude bien grande.

J'ose espérer que vous me traiterez avec votre indulgence ordinaire et que vous me pardonnerez encore une fois le mécontentement que je vous ai causé. Vous pouvez compter qu'à l'avenir, je me montrerai plus digne des conseils que vous me donnez et plus attentive à éviter ce qui peut vous déplaire ; vous avez pour garant de mes promesses, le chagrin que j'éprouve de vous avoir fait de la peine.

Votre soumise fille.

### Chère bonne Maman,

Je suis bien coupable envers vous, d'avoir tant tardé à vous écrire ; vous allez peut-être croire que je n'ai pas pensé à vous ; mais vous vous tromperez ; d'abord, le matin et le soir, dans mes prières, je demande bien à Dieu de veiller sur vos jours, de vous conserver longtemps à l'amour de vos enfants, et puis dans la journée bien souvent encore, je pense à vous ; je me demande si vous ne souffrez pas, si rien ne vous tourmente, alors je veux vous écrire, je remets à un autre instant, et c'est en remettant toujours de moment en moment que j'ai laissé passer les jours et les semaines sans vous donner une lettre.

Vous me gronderez quand vous me verrez, mais vous êtes si bonne que vous pardonnerez bien vite ; d'ailleurs, d'ici à ce que j'aie le plaisir de vous voir, je veux réparer mes torts envers vous, en vous donnant souvent de mes nouvelles, je tâcherai de bien satisfaire mes professeurs afin d'avoir à vous montrer de bons témoignages de leur part, et de vous prouver de cette manière que je veux me rendre digne de vos bontés et de votre amitié.

Recevez, chère bonne maman, les tendres embrassements de votre respectueux et affectionné petit-fils.

### Ma chère Sœur,

Je sais tout ce que tu as à me reprocher : j'ai été bien souvent la cause des punitions que tu as reçues ; je mérite tes reproches et ta colère ; mais, parce que je suis étourdi et inconséquent, me priveras-tu de ton amitié ? Tu connais

mon cœur et tu sais qu'il n'a aucune part à mes folies,
qu'il les désavoue. Si avant de faire une sottise, j'avais l'esprit de réflexion, tu sais, ma bonne sœur, que je l'éviterais,
mais je veux me corriger de cette légèreté qui est pour toi
et pour mes excellents parents une source de chagrins ; je
le veux parce que je vous aime, et que mon désir le plus
vif est de vous contenter. Je vais bien prier Dieu d'affermir
mes résolutions et de m'aider à les mettre en pratique ; je
compte aussi sur ta bonté et sur ton amitié, pour me rappeler l'engagement sérieux que je prends aujourd'hui.

Ton affectionné frère,

---

### Ma chère Tante,

Je vous ai mécontentée en ne vous accompagnant pas à
la campagne comme vous m'y aviez engagé ; s'il est en mon
pouvoir d'effacer l'impression fâcheuse que mon refus a
laissé dans votre esprit, croyez, ma chère tante, que je n'y
manquerai pas. Je vous aime beaucoup, et il m'eût été très-
agréable de passer quelques jours avec vous, mais je n'ai
pu me décider à laisser seule ma bonne mère, dont je suis
toute la consolation et qui ne pouvait venir avec nous. J'es-
p're que vous trouverez ma raison assez juste, pour ne
plus être mécontente de moi qui vous aime beaucoup, qui
n'ai pas de plus grand désir que de vous le prouver en
cherchant toutes les occasions de vous plaire.

---

### Ma chère Cousine,

Tu dois être bien mécontente de ce que je me suis fait
ainsi attendre apr's avoir pris l'engagement de me rendre
à ton invitation ; tu croiras peut-être que j'ai voulu me faire
prier, que c'est par grimace que je ne suis point allée chez
toi. Détrompe-toi ; je me faisais d'avance une véritable
fête de te voir ; mais en ce monde, il ne faut pas compter
sans Dieu ; j'ai été prise d'une si violente migraine, que

j'ai dû me mettre au lit ; je t'aurais fait pitié si tu m'avais vue ; joins à cela, le dépit que j'éprouvais de rester, tandis que je me serais si bien amusée chez toi. J'espère, maintenant que tu connais mes raisons, qu'au lieu de me gronder tu me plaindras et que tu disposeras de moi aussitôt que tu pourras pour nous dédommager de ce contretemps.

Je t'envoie mille baisers qui ne te diront jamais assez combien je t'aime.

Ta dévouée cousine.

---

Mon cher Ami,

Je me reprocherais d'attendre plus longtemps de faire le premier pas pour savoir la cause de votre refroidissement à mon égard. Quelques paroles échangées dans un accès de mauvaise humeur ne doivent pas brouiller pour toujours deux bons amis qui se sont toujours compris et entendus. Je sens que je ne pourrai jamais consentir à vous rester étranger, et je m'en veux de n'avoir pas fait plutôt une démarche pour vous dire que je tiens beaucoup à ne pas perdre le titre d'ami que vous m'avez accordé si longtemps. Je suis mécontent de ma plume qui ne vous a pas fait assez sentir que l'amitié comme l'âge doit toujours augmenter.

Votre dévoué.

---

Ma chère Amie,

J'éprouve la plus grande peine de ton refroidissement à mon égard ; vraiment, tu t'es fâchée pour bien peu de chose. Lors même que mes torts soient aussi grands que tu le penses, il me semble que si tu m'aimais comme je t'aime, tu te hâterais de faire cesser une brouillerie qui ne peut exister longtemps entre deux bonnes amies.

J'espère que tu mettras toute rancune de côté et que j'aurai bientôt le plaisir de te voir et de t'embrasser.

Ta meilleure amie.

Ma chère Amie,

Tu me reproches d'avoir oublié mes amies au milieu des plaisirs de la campagne ; ton reproche ne paraît pas dénué de fondement, puisque je ne t'ai pas écrit, et cependant il ne s'est pas passé de jour que je ne pense à toi et que je ne désire avoir de tes nouvelles. Tu ne saurais croire comme le temps passe vite au milieu des champs. On se lève de bonne heure ; on se promène, on court pour aiguiser un appétit déjà satisfaisant puis on déjeûne, on se promène encore, on dîne, puis c'est encore une promenade ; enfin, on n'est chez soi que pour manger ou dormir : juge si avec cela il est facile de faire une lettre ; et puis j'oublie de te parler des véritables occupations, le soin des fleurs, des fruits, des légumes, de la basse-cour même, car j'aime beaucoup à donner à manger aux poules et aux canards, rien ne m'amuse comme de me trouver au milieu de ce peuple volatile. Mais je m'aperçois qu'au lieu de m'excuser, je te raconte mes plaisirs, pardonne-moi ma négligence ; je me plais à penser que tu m'aimes trop pour me garder rencune ; soyons donc comme par le passé d'une amitié à toute épreuve.

Ton amie qui t'embrasse bien<br>affectueusement.

Mon cher Ami,

C'est assez bouder ; es-tu disposé à me parler comme par le passé ? Je t'assure que ton air froid et réservé me cause beaucoup de peine ; je donnerais tout au monde pour que tu me dises que tu ne m'en veux plus et pour que tu reviennes à moi avec le même abandon qu'autrefois. Si je t'aimais moins, je ne ferais pas cette démarche, j'attendrais que ta mauvaise humeur passe ; mais j'ai hâte de t'embrasser et de savoir que notre petite querelle n'a pas diminué ton amitié pour moi. Allons, mon cher ami, à l'avenir plus de susceptibilité, songe que je ne puis pas chercher à te faire de peine puisque je t'aime ; s'il m'arrive de ne pas toujours parler et agir comme tu le voudrais, sois convaincu qu'il n'y a en moi aucune mauvaise intention, et que mon désir le plus cher est de t'être agréable en tout point.

Je t'embrasse de tout mon cœur, et t'assure de nouveau que tu n'as pas d'ami plus sincère et plus dévoué que moi.

---

Ma chère maîtresse,

C'est bien mal répondre à la peine que vous vous donnez pour moi que de retomber toujours dans les mêmes fautes; c'est assurément vous témoigner bien peu de reconnaissance que de ne pas mettre à profit vos excellents conseils. Je vous en prie, traitez-moi encore avec la même bonté que par le passé; l'avenir vous prouvera combien mon repentir est sincère; je vais m'appliquer à vous faire oublier ma légèreté et mon étourderie par la réserve que je mettrai désormais dans ma conduite.

Encore une fois pardon, ma chère maîtresse, je vous aime trop pour ne pas éviter de vous mécontenter.

Votre respectueuse élève.

---

Mon cher Bienfaiteur,

Je vous ai bien offensé, je reconnais mes torts, j'en rougis, mais je ne puis croire que vous soyez sans indulgence pour moi. Ce n'est pas parce que je m'appuie sur ce que je mérite que je vous parle ainsi; c'est parce que je connais votre inépuisable bonté qui a un pardon pour toutes les fautes, une consolation pour toutes les douleurs, un encouragement pour tous les désespoirs, un secours pour toutes les infortunes. Votre excessive bonté augmente ma confusion; comment ma conduite est-elle si fort en contradiction avec mon cœur qui me pousse à rechercher tout ce qui peut vous plaire?

J'ai la certitude que vous confirmerez bientôt l'espoir dont je me nourris que vous ne trouverez que de l'inconséquence dans ma conduite; l'avenir vous prouvera que mon plus grand désir est de vous complaire en toutes choses.

---

Madame,

Vous avez dû me juger bien mal d'après la légèreté que j'ai montrée dans mes paroles en votre présence. Ma mère m'a fortement reprise à ce sujet, ses reproches m'ont fait ouvrir les yeux et m'ont fait bien sentir quelle opinion dé favorable vous devez avoir de moi. J'ai mille regrets, Madame, ce ce qui s'est passé; je vais m'efforcer de regagner votre estime par plus de réserve et de discrétion.

Recevez, Madame, je vous prie, les excuses de votre humble et respectueuse servante.

# LETTRES D'INVITATION.

Une lettre d'invitation doit toujours avoir certain caractère de grâce et d'amabilité; on la fait avec l'abandon qui vient du cœur, lorsqu'on s'adrese à un ami; on met plus de réserve si on écrit à une personne dont la position commande le respect.

Il ne faut pas craindre d'insister sur l'ennui qu'on aurait d'un refus et sur le plaisir qu'on éprouverait de voir l'invitation agréée.

L'enjouement n'est pas déplacé dans ces lettres.

Ma chère Tante,

Ma mère me charge de vous prier de nous faire le plaisir de venir demain dîner avec nous ; nous aurons plusieurs personnes qui vous connaissent, et qui, comme nous, seront heureuses de se trouver avec vous. Si rien ne vous retient, j'espère, ma chère tante, que vous accepterez notre invitation, et que demain nous aurons le plaisir de vous embrasser. Mes parents vous assurent de leur amitié, et je vous envoie, pour ma part, millè baisers pleins d'affection.

Votre respectueux neveu .

---

Ma chère Cousine,

Nous nous disposons à partir pour la campagne, où nous comptons passer quelques mois ; si tu le demandais à ta mère, qui est si bonne, elle ne te refuserait pas de te laisser venir avec nous. Tu peux lui promettre d'avance que notre instruction ne sera pas négligée, car j'ai bien l'intention de passer toutes mes matinées au travail ; nous nous exciterions l'une l'autre à avoir du courage, et nous en aurions, quand ce ne serait que pour faire plaisir à nos parents. Quel bonheur pour moi, ma chère cousine, si je pouvais t'avoir pour compagne ! comme nous nous amuserions à courir dans les bois, à cueillir des fleurs, à attraper des papillons ! Si tu m'aimes un peu, tu me le prouveras en suppliant bien ta maman de te permettre de venir avec nous ; nous irons te voir avant notre départ, et nous achèverons j'espère de la décider.

Crois, ma chère cousine, au plaisir que j'aurais d'être toujours avec toi.

---

Mon cher Oncle,

Je suis chargé de vous faire part du mariage de ma sœur, et, comme vous voyez, je vous en instruis sans détour. Quand on annonce quelque chose d'heureux, on ne peut parler trop vite, et il me semble que vous partagerez notre joie.

Je ne vous ferai point l'éloge de son futur mari ; vous pourrez juger vous-même s'il a les qualités sérieuses d'un époux et d'un père ; d'ailleurs, je ne m'y connais guère. Ce qui, du reste, cause toute ma joie, c'est la noce, et si vous n'y veniez pas, il manquerait quelque chose au plaisir que je me promets.

J'espère que rien ne viendra mettre d'obstacle à ce que nous soyons tous réunis. Nous comptons tous sur vous, et nous vous embrassons en attendant le plaisir de vous voir.

---

Chers Bons-Parents ,

Le motif qui me fait vous écrire aujourd'hui n'est pas un enfantillage , une bagatelle ; je viens, à la veille de ma première communion, vous demander votre bénédiction, et vous prier en même temps de venir demain pour être témoin de mon bonheur. Je voudrais en ce moment recevoir de vous le baiser du pardon, je sais que vous ne me le refuserez pas ; mais il m'eût été si doux de vous entendre m'assurer que vous ne gardez aucun souvenir des fautes dont je me suis rendu coupable envers vous par ma légèreté et mon mauvais caractère. Vous prierez Dieu pour moi, mes chers bons parents, afin que j'approche du banquet des anges avec un cœur bien disposé. Je le prierai pour vous, pour mon père, pour ma mère, pour tous mes parents ; je le prierai d'éloigner de vous tous les chagrins dont cette vie est semée ; je lui demanderai de ne point m'épargner et de me réserver à moi seul les peines qui pourraient vous frapper.

A demain, j'espère, mes chers bons parents, pour que mon bonheur soit complet, ne manquez pas de venir m'embrasser.

Votre respectueux petit-fils.

---

Chère Amie,

Je suis au comble de la joie ; mes parents sont contents de moi et, pour me récompenser ils m'ont permis d'inviter mes meilleures amis à venir passer la journée avec moi. Mon bonheur ne serait pas complet si tu manquais à l'appel, car tu sais que j'ai pour toi une amitié sincère et que j'éprouve un grand plaisir à être avec toi. Je ne te dis pas d'avance comment nous emploierons notre temps, parce que je veux te surprendre agréablement, et tu peux croire que l'amitié me rendra ingénieuse.

Arrange toi, ma chère amie, de façon à n'être pas retenue demain et arrive de bonne heure afin de rester plus long temps ensemble.

Ta dévouée amie qui t'embrasse.

------

Chers Parents,

Vous vous étonnez peut-être que je ne vous aie point encore annoncé le jour des prix ; si j'ai attendu aussi longtemps, c'est que j'aurais voulu, s'il eût été possible le retarder, et ce temps que j'aurais désiré gagner, je l'eusse employé à travailler. Je n'ai pas fait tout ce que j'aurais pu ; je me suis quelques fois laissé aller à la paresse, et maintenant que le moment approche où une couronne sera, pour ainsi dire, le prix de chaque effort, j'ai peur de ne pas vous donner toute la satisfaction que vous êtes en droit d'attendre ; c'est parce que vous m'aimez, chers parents, que vous seriez heureux et fiers de voir mes triomphes, mais si je ne réussis pas comme vous le désireriez, n'accusez pas mon cœur. Peut-être aurai-je des amis plus heureux que moi, je le regretterai à cause de vous, tout en applaudissant à des succès mérités ; je vous promettrai alors un travail plus sérieux pour l'année prochaine, et je tiendrai parole, car je sens en ce moment ce que l'on souffre quand on laisse échapper la seule occasion que l'on ait de faire plaisir à ses parents. Je n'ose vous donner un espoir qui s'évanouirait peut-être ; mais je puis vous dire que si quel-

quelques fois je me suis oublié, bien souvent aussi j'ai fait des efforts afin de vous prouver le désir que j'ai de vous être agréable et de me montrer digne de vos bontés.

***

### Ma chère Amie,

Je suis à la campagne et je m'amuse bien; l'air des champs ouvre l'appétit et la gaieté, mais ne fait pas pour cela perdre le souvenir des vieilles amitiés; voilà pourquoi, ma chère amie, je viens te prier de venir faire les vendanges avec nous. Je dois te prévenir que nous nous levons de bonne heure; comment pourrait-on rester au lit? on est invité à en sortir chaque jour par le soleil qui se montre ici quand le gaz est encore allumé à Paris. Et le concert qui m'arrive? Vois-tu, ici les oiseaux se font toujours entendre et leur joyeux chant vous réjouit. Je ferais mieux, n'est-ce pas, de laisser le soleil et les oiseaux et de te parler des vendanges. Manger du raisin toute la journée, rire et chanter, danser le soir avec les vignerons dans notre grande salle ou sur l'herbe, conçois-tu quel plaisir? tu en jugeras!

Ne manque pas de venir; je me fais une grande fête de te voir. Que la déception d'un refus ne change pas mon plaisir en chagrin.

***

### Mon cher Ami,

Tu es sans doute prévenu que c'est jeudi prochain la messe du Saint-Esprit, et tu dois savoir combien notre professeur tient à ce que nous y assistions; je le comprends; puisque nous ne pouvons rien par nos propres forces, il faut bien que nous demandions le secours de Dieu qui nous promet de nous exaucer toujours. M. le curé annonce la quête ordinaire en faveur des enfants pauvres; ce doit être un plaisir pour nous qui n'avons besoin de rien que d'offrir notre aumône à ces pauvres enfants à qui leurs parents ne peuvent pas donner tous les jours une nourriture suffisante et les vêtements nécessaires. C'est à cette quête que je consacre mes petites économies.

Ainsi, mon ami, nous nous verrons tous jeudi, car tous nous nous empresserons certainement d'assister à cette messe dont l'influence s'exercera sur notre année de classe suivant que nous aurons demandé à Dieu avec plus ou moins de ferveur de nous aider dans nos études et surtout de nous rendre assez forts pour nous corriger de nos défauts.

Je t'embrasse comme je t'aime, mon cher ami, et c'est de tout mon cœur.

---

Ma chère Amie,

Je viens te faire une invitation qui te réjouira fort, je l'espère : celle de venir passer avec nous à la pension la journée de la Sainte-Catherine. Il faut au moins que je dise en quelques mots comment nous emploierons ce jour de fête. D'abord, nous avons congé toute la journée ; à deux heures nous commençons à jouer à tous les petits jeux que nous savons ; s'il fait beau, nous allons passer une heure au jardin du Luxembourg ; on tire une loterie en faveur des pauvres, chaque élève apporte quelques lots et prend des billets afin d'avoir le droit de gagner. Tout billet est assuré d'un lot. Dans la soirée, nous dansons, on nous fait voir la lanterne magique et pour comble, nous mangeons force gâteaux.

Si mon invitation te fait plaisir, mon plaisir sera plus grand encore de te la voir accepter ; ainsi, j'espère que nous pouvons compter sur toi que nous ne cessons pas d'aimer et que nous voudrions toujours avoir avec nous.

Ta toute dévouée amie,

---

Ma chère Amie,

Jeudi tu seras libre comme moi, tu me ferais un grand plaisir si tu voulais bien venir passer la journée avec moi ; nous nous amuserons le mieux que nous pourrons ; à défaut d'autre plaisir, nous aurons toujours celui d'être ensemble et ce ne sera pas le moindre pour moi. Tu prieras ta maman de ne venir te chercher qu'un peu tard, car nous dinerons ensemble et nous irons nous promener s'il fait beau. J'ai invité aussi quelques-unes de ces demoiselles que tu connais et qui seront aussi très-heureuses de te voir.

Adieu, ma chère amie, j'espère que rien ne t'empêchera de te rendre à mon invitation ; c'est avec cet espoir que je t'embrasse mille fois.

Ta dévouée amie.

---

Madame,

Nous aurons dans huit jours une petite réunion d'amis, ce serait pour nous un honneur et un plaisir de vous compter au nombre des invités, veuillez donc, Madame, être assez bonne pour nous consacrer votre soirée. On fera d'abord un peu de musique, puis on dansera, et j'espère que le temps se passera agréablement pour tout le monde. J'ose espérer, Madame, que vous agréerez mon invitation, et je vous prie de recevoir l'expression de ma considération distinguée.

---

Madame,

Nous allons demain au concert et nous pouvons disposer d'une place ; je suis heureuse de vous l'offrir et je serais plus heureuse encore de vous la voir accepter et de pouvoir vous procurer un peu de plaisir.

Mes parents se joignent à moi pour vous prier d'agréer l'assurance de notre considération distinguée.

Votre très-humble servante.

---

Monsieur,

Mon père sait votre goût pour la bonne musique : il réunit dimanche dans la soirée quelques musiciens qui ne sont pas sans mérite ; permettez-moi, Monsieur, au nom de mon père, de profiter de cette circonstance pour vous prier de venir passer la soirée avec nous. Vous devinerez sans peine que notre invitation est un peu égoïste, car nous aurons assurément plus de plaisir à vous voir que vous n'en aurez à entendre nos musiciens.

Veuillez, Monsieur, je vous prie, agréer l'expression de notre parfaite considération.

## LETTRES DE CONSOLATION.

—

C'est un devoir de s'associer à la douleur d'un ami, de la partager avec lui, de l'aider à la supporter. Pour mieux calmer le désespoir, il faut le flatter en appréciant, en louant l'objet qui excite les regrets. La résignation que commande la religion devra être rappelée sans s'y arrêter trop longtemps, à moins qu'on ne soit sûr des sentiments religieux de celui à qui l'on s'adresse.

Les lettres de consolation demandent un style grave. En se mettant à la place de la personne affligée on comprendra dans quel sens on doit lui écrire.

Ma chère Mère,

Je dois remplir auprès de toi un devoir bien pénible, bien douloureux, et qui sera pour toi une cause de regrets bien amers. Mais j'ai cru qu'à moi seule il appartenait de remplir cette tâche ; c'est ce qui me fait t'écrire aujourd'hui. Ton cœur a déjà pressenti un grand malheur, je crains bien que tu n'en prévoies pas encore l'énormité. Que ne puis-je en être seule affligée? Pourquoi faut-il que je doive faire couler les larmes de ma bonne mère!

Tu l'as deviné, c'est de ma sœur qu'il s'agit; mais la force me manque pour aller plus loin. Prends courage, pourtant, puisque le malheur pouvait être plus grand, puisque tu pouvais nous pleurer toutes les deux, tandis que je suis encore là pour te consoler et t'aimer.

J'ai dû dire à ma pauvre sœur un éternel adieu après quelques heures de fièvre que les secours de la médecine et les soins empressés et vraiment maternels de nos bonnes maîtresses, ont été impuissants à combattre! Que te dirai-je, après une aussi accablante nouvelle? Te parlerai-je de ma douleur, quand je ne dois penser qu'à apaiser la tienne. Bonne mère, mon amour pour toi doublera s'il se peut; je t'aimerai, mais je t'en prie, console-toi en pensant à moi. J'espère que tu te hâteras de me rappeler auprès de toi. En mêlant nos larmes, en parlant d'elle, nous pourrons peut-être adoucir un chagrin qui, hélas! ne peut nous rendre celle que nous pleurons.

Adieu, ma bonne mère, réunissons - nous vite; cette séparation m'est insupportable, maintenant que je sais que tu souffres; rappelle-moi donc vite auprès de toi.

Ta fille, qui donnerait sa vie pour toi.

---

Mon cher Oncle,

Nous avons appris, avec une bien grande peine, la perte cruelle que vous avez faite. Votre chagrin est le nôtre, car vous savez combien nous aimons notre bonne tante. Pourquoi faut-il qu'une triste destinée nous enlève, les uns après les autres, nos parents les plus chers, nos meilleurs amis, ceux enfin que nous aimons et par qui notre vie est plus douce et devient plus agréable. Un chagrin partagé devient, dit-on, plus supportable. Eh bien! mon cher oncle, nous prenons au vôtre une part bien vive, car tous nous avons pleuré notre tante tous nous l'avons regrettée.

Nous aurions tous été prêts à nous donner pour elle, si sa conservation eût dû être le prix de notre dévoûment.

Nous avons appelé à notre secours la religion, qui est toujours là pour offrir ses consolations à ceux qui pleurent, et nous ne nous sommes pas laissé abattre. J'espère qu'une pieuse résignation viendra vous aider à supporter un malheur qui nous est commun, et que nous déplorons comme vous.

Adieu, mon cher oncle, conservez-vous à l'affection de votre neveu, qui vous aime.

---

### Mon cher Oncle ,

Vous nous avez envoyé ma tante, déjà malade ; connaissant notre amour pour elle, vous étiez sûr que les bons soins ne lui feraient pas défaut ; vous aviez bien fait de compter sur nous, car nous nous sommes montrés pour elle attentifs et dévoués. Pourquoi faut-il que nous n'ayons pu la rendre à la santé, pourquoi faut-il que nous l'ayons vue s'éteindre entre nos bras, et qu'un cruel devoir nous force à vous faire connaître ce malheur. Nous voudrions être seuls à gémir de cette affreuse mort, sans vous voir partager notre chagrin, car nous savons quel désespoir sera le vôtre en apprenant cette épouvantable nouvelle.

Cher oncle, pensez à nous, qui vous aimons tant ; venez nous voir, nous tâcherons, si ce n'est d'oublier, au moins de supporter ensemble, avec résignation, le malheur qui nous est arrivé, et j'espère que Dieu nous viendra en aide pour tempérer notre chagrin.

Votre dévoué neveu.

---

### Cher Ami ,

J'ai appris le malheureux événement qui est venu te frapper, et j'en ai été bien affligé. Je comprends toute la douleur que tu as dû éprouver à la mort d'une si bonne mère ; ses soins, ses conseils vont maintenant te manquer. C'est une grande perte pour toi, mais tu es déjà dans un âge où tu peux commencer à te conduire seul, tandis que bien d'autres enfants, dans un âge bien plus tendre, se sont trouvés entièrement abandonnés. Je voudrais pouvoir t'apporter quelque consolation, et n'ose l'essayer, tant je comprends ta douleur : je ne puis que pleurer avec toi. Quand tu auras recouvré un peu de calme, pense à moi, pense à ton ami, qui veut être de moitié dans tes chagrins comme il l'a été jusqu'ici dans ton bonheur. Si la voix de l'amitié t'est agréable, je t'écrirai souvent, cher ami, et nous adoucirons ensemble un chagrin que je partage.

Ton ami dévoué.

Mon cher Ami ,

Les qualités de ta sœur m'étaient connues ; elle était pour toi une compagne, une amie ; aussi je comprends tout ce qu'il y a eu de douloureux pour toi dans votre éternelle séparation ; c'est un malheur qui serait sans consolation si la religion n'était là pour nous montrer une autre vie où ceux qui s'aiment ne seront plus séparés. A côté de ceux que tu as perdu, vois tes autres parents ; ta douleur augmente la leur. Ne te laisse pas absorber par un chagrin qui ne remédierait à rien. Supporte en vue de Dieu les coups qui viennent te frapper, et tu retrouveras assez de force pour ne pas te laisser abattre.

Adieu, mon cher ami ; si la part que je prends à ta douleur pouvait diminuer la tienne, tu éprouverais assurément un grand soulagement.

Ton ami dévoué.

Mon cher Ami,

Que te dirai-je après le malheur qui t'est arrivé ? Je crains de renouveler ta douleur en essayant quelques mots de consolation. Je comprends ton chagrin ; ton frère était bon, aimant, cherchant toujours à obliger et à se rendre agréable ; les plus belles qualités s'annonçaient en lui et tout cela est bien fait pour donner des regrets. Si tu eusses été seul au monde avec lui je ne m'étonnerais pas que tu ne misses pas de bornes à ta douleur mais tu as ton père, ta mère, d'autres frères, d'autres sœurs que tu aimes et dont tu es aimé, et ce doit être pour toi un sujet de consolation. D'ailleurs, qui n'est pas affligé sur cette terre ? on voit mourir les uns après les autres ceux qu'on aimait jusqu'à ce qu'enfin on ait son tour. La vie se consume dans les larmes et les regrets ; on n'a que bien peu d'instants de bonheur.

Sois raisonnable, pense aux afflictions que beaucoup de gens ont à supporter, et tu verras qu'il y a encore des peines plus grandes que les tiennes. Ce n'est pas que nous devions chercher notre joie dans le chagrain d'autrui ; mais on est plus disposé à se résigner quand on comprend qu'on aurait pu être frappé davantage.

Adieu mon cher ami, si mon amitié est de quelque poids sur toi, tu sais qu'elle t'est acquise, et tu dois comprendre toute la part que je prends à ce qui t'afflige.

---

Madame,

En nous faisant part du malheur qui vous est arrivé, vous avez resserré les liens de notre ancienne amitié ; j'ai été très-sensible à votre souvenir, et je puis vous dire sans affectation que la douleur qui vous a frappée a trouvé un écho dans mon cœur. Si je pouvais vous offrir quelque consolation, Madame, je le ferais avec un grand empressement, car j'éprouve beaucoup de peine en pensant à votre trop juste chagrin.

Veuillez, Madame, recevoir l'assurance de ma sincère et inaltérable amitié et vouloir bien me compter toujours au nombre de vos plus dévoués amis.

Votre très-humble et très-obéissant serviteur.

Madame,

Mes parents me chargent de vous dire la part qu'ils prennent au malheur dont vous avez été frappée ; ils en ont été très-affligés, car ils ont pour vous une amitié sincère qui leur fait regarder vos peines comme les leurs.

Recevez, Madame, l'assurance de notre considération distinguée, et veuillez nous mettre au nombre de vos amis les plus dévoués.

---

Ma chère amie,

J'ai été bien vivement touchée des malheurs qui ont frappé tes parents ; je sens qu'il doit être bien dur de perdre sa fortune quand on est habitué aux douceurs de l'opulence ; mais à bien prendre, ma chère amie, ce sont des malheurs qui, au fond, n'en sont pas. Combien de gens travaillent pour subvenir à leurs besoins sans pour cela se trouver à plaindre ; d'ailleurs, telle position qui est médiocre pour l'un, paraît brillante pour l'autre. Quand on a la santé, le courage quand on a une famille à aimer et dont on est aimé, je crois, ma chère amie, qu'on a assez pour être heureuse. Tu as certainement trop de raison pour te livrer à des regrets inutiles. Prends de suite ton parti, regarde combien il y en a qui sont plus affligés que toi, et tu verras qu'il y en a encore qui se trouveraient très-heureux d'être à ta place.

Tout ce que l'amitié peut offrir de dévoûment, tu le trouveras en moi, ma chère amie ; j'espère que tu me jugeras assez d'après toi pour ne pas douter de ta meilleure amie.

---

Madame,

Vous nous avez appris que notre bienfaiteur n'existe plus ; cette perte a été bien douloureuse pour nous qui l'aimions et le vénérions à tant de titres. Sa mort ne mettra cependant point un terme à notre connaissance, car nous ne cesserons pas de prier pour lui : nous demanderons à Dieu de prendre en miséricorde un homme dont chaque jour a été marqué par un acte de bonté, un trait de bienfaisance, une action généreuse. Redire ici ses qualités ne serait rien vous apprendre, car bien mieux encore que nous, vous avez pu juger de la beauté de son âme.

Nous mêlons nos regrets bien sincères aux vôtres, et nous vous prions, Madame, de croire à la reconnaissance sans bornes de votre.

Très-humble et très-obéissant serviteur.

Madame,

Votre famille me charge auprès de vous d'un devoir qu'il m'est pénible de remplir, puisqu'il doit vous apporter le désespoir. Je voudrais, pour arrêter le coup que je vais vous porter, rendre mes paroles douces et consolantes, afin qu'après avoir pleuré, qu'après avoi regretté, vous puissiez trouver de la résignation. Toute la vie n'est qu'une longue épreuve où les déceptions succèdent aux déceptions, où une douleur est bientôt suivie d'une autre. Que ne puis-je donc taire le malheur que vous ne connaissez pas encore, mais que vous avez peut-être déjà pressenti! Votre mère était souffrante depuis long temps ; son âge rendait sa guérison impossible, mais on espérait la conserver encore longtemps. Dieu, en sa sagesse, avait décidé le contraire, car il l'a retirée de ce monde sans qu'on ait eu le temps de vous avertir d'un danger auquel on ne croyait pas.

Vos parents vous attendent, Madame, pour rendre les derniers devoirs à votre mère ; en mêlant vos larmes à celles de votre famille, vous adoucirez un chagrin qui est ici bien vivement partagé.

Recevez, Madame, l'assurance de ma sympathie et de ma parfaite considération.

# TABLE DES MATIÈRES.

BUREAUX A PARIS, 5, RUE VOLTAIRE.

# LE
# COURRIER FRANÇAIS

## JOURNAL UNIVERSEL
### *PARAISSANT TOUS LES DIMANCHES*
#### FORMAT DU MONITEUR.

Trosième année

### 10 fr. par an. — Six mois, 6 fr.

Echo fidèle de la France et de l'Etranger, le *Courrier français*, résume chaque semaine le mouvement des événements et des idées ; aucun fait ne se produit, dans quelque ordre que ce soit, qui ne trouve place dans ses colonnes. Il remplace diverses feuilles spéciales, savoir :

| | |
|---|---|
| Le Journal scientifique. | Le Journal de l'armée. |
| Le Journal artistique. | Le Journal de la marine. |
| Le Journal religieux. | Le Jour. financier et commer. |
| Le Journal agricole. | Le Journal des modes. |
| Le Journal des tribunaux. | Les Journaux étrangers. |

Il donne un bulletin commercial et le cours des valeurs côtées à la bourse.(*)

Il est pour le foyer domestique un hôte aimable et utile : son feuilleton, ses chroniques, ses anecdotes instruisent sans fatiguer l'esprit, plaisent à l'imagination sans blesser la morale.

On s'abonne en envoyant un mandat sur la poste à l'ordre du directeur, ou en ayant recours aux libraires ; on peut aussi envoyer des timbres-poste.

*( Toute lettre non affranchie sera refusée. )*

(*) Le *Courrier français* ouvre volontiers ses colonnes à ceux de ses Abonnés qui ont d'importantes communications à lui adresser.

---

**A LA LIBRAIRIE FRANÇAISE ET ÉTRANGÈRE, 3, QUAI MALAQUAIS**

| | FR. | C. |
|---|---|---|
| Histoire des substances précieuses, par J. Rambosson. | 1 | 20 |
| Planisphère céleste, par le même. | » | 75 |
| Arithmétique résumé en tabl. synoptiques, p. le même | » | 60 |
| Traité d'Arithmétique, par le même. | 1 | » |
| Le langage mimique, par le même | 1 | » |
| L'acoustique populaire, histoire du son et des principaux instruments de musique, par le même. | 1 | 50 |

---

Au bureau du journal, 5, rue Voltaire, et à la Librairie-Nouvelle, boulevart des Italiens, les fables de M. Seignoret. | » | 50

MONTMARTRE. — TYP. PILLGY, BOUL. PIGALE, 50.